ダッシュエックス文庫



お嫁さん魔王と僕の奇妙で最強な日々

ぎあまん

# prologue

## ～魔王追放～

oyomesan maou
to boku no
kimyou de saikyou na hibi

《魔王アリステラ》

その声が頭を打つ。

天空から落ちる荘厳なる一声。

かつて仕えていたこともある存在が、いまになってその気配を再臨させる。

我がこうなってから、一度も姿を見せなかったくせに。

「我を……魔王と認めるか」

人間だけでなく、いと高き存在までもが我を魔王と認めるか。

それはつまり……。

「つまり、我は正しかったというわけだ」

我の感じたことが。

我の考えていたことが。

正しかったということだ。

「お前を信奉していた者たちは、誰一人としてその答えに辿《たど》り着くこともなかったというのに、お前に背いた我だけが、正しき答えに辿り着いたということか！」

なんて滑稽《こっけい》な話だ。

《そなたの功績を認めよう。見事、魔王を務めた》

務めた⁉

「やはり！　それが狙いか！」

自分ではなにもせず、誰かにやらせる！

「そんなに穢《けが》れるのが嫌か！　そんなにも潔癖《けっぺき》でいたいか！」

他人を穢して、他人にやらせて……。

「それで満足か⁉」

《そなたには褒美《ほうび》をやろう。高潔であるがゆえに、何者も信じることができなかった孤高の魔王よ》

声が降り注ぐ。

その力強き声は現実の形となって、縛《しば》り付けられた我の前に出現する。

首輪。

それが、我を縛る。

途端に、表に出ようと暴れていた力の感触が空を切った。

我が長年をかけて培《つちか》った逆らう力を奪われた？

いや、封じられたのか。

これが褒美？

はは、なんということだ。

至高の存在が嫌みを言ったぞ。

《それを解くことができるのは、心からそなたを信じることができる者のみ》
「なっ⁉」
ふざけるな！
そんな者が見つかるなら、我は……私は……。
《その者と心を繋《つな》ぐ限り、そなたは力を使うことができるだろう》
「そんな者などいるわけがない！」
だが、我の言葉は空《むな》しく聞き流される。
いつもそうだ。
そうやって、誰も我の言葉など聞きはしない。
いまさら、我の言葉をわかろうとする者など、いるはずがない。
《言祝《ことほ》ぐがよい、そなたの新たな世、そなたの新たな生きる道を》
背後の空間に穴が開く。
新たな世？
この世界から放逐《ほうちく》する気か？
力を封じて？
「ふざけ……」
《さらば！》

我の声は我を置いてどこかに消えた。

違う。

我がどこかに運ばれているのだ。

吸い込まれ、放り出されたのだ。

あの穴から、この世の外に。

「ふ、ふふ……」

ならば…………清々する？

嫌な奴らから離れられるのだから、その点は喜ぶべきかもしれないな。

力は失うが。

戻すには……なにか言っていたな。

心から信じる？

かつての親友も、師も、誰も我のことを信じなかったというのに、いまさら我を理解し、我を信用し、我を受け入れてくれる者がいるとでも？

いるわけがない！

……だが。

そんな者など、現れることはないだろうが。

もしも現れたら、喜んでその者に尽くしてやろう。

そうだな。そんなことなど、魔王となる前から、そして魔王となってからもあるはずがないと思っていたが……。

そんな者が本当にいるのだとしたら……。

夫婦にだって、なってやろう。

episode

# お嫁さんに出会うまで

oyomesan maou
to boku no
kimyou de saikyou na hibi

それは、琴夜彼方《ことよかなた》である僕のバイト三日目が終わった時のことだった。

ちなみにバイト内容はご近所にあるスーパーの品出し。店舗《てんぽ》内の商品を補充していく仕事。慣れてきたらレジもしてねと言われているけど、こちらだけしていたい。

楽しい。

「あっ、彼方君」

店の裏にある自転車置き場へ歩いていると、バイトの先輩である美名城遥《みなぎはるか》さんに声をかけられた。

その側に三人の男女がいる。

遥さんは市内の大学に通っている大学生だ。

その周りの男女も大学生ぐらいに見えたから、同じ学校の人なのかな?

「あ、お疲れ様です」

「彼方君、ドライブ行かない?」

「へ?」

いきなりの提案に僕はわけがわからずその場で固まった。

「ちょっと遥!」

それはあっちの人たちも同じようで、三人組の中にいた女の人が責める口調で声を上げる。

高校生になったばかりの僕は、大学生らしき集団には無条件に威圧のようなものを感じてしまうので、その声もちょっと怖い。

「その子、高校生とかじゃないの？　連れまわしていい時間じゃないよ」

「そうなの？　でも、そんなに危険な場所なら私もパスかな」

「そういうことじゃなくてぇ」

遥さんとその女の人が言い合っているのを僕は眺めるしかないわけだけど……なんとなく、状況がわかったような気がした。

三人組の中にいる男二人のどちらかがたぶん、美人の遥さんに気があって誘いたいのだ。それでバイト上がりのこの時間に待ち伏せしてドライブに誘っている。でも、遥さんは断りたいから僕を利用した。

そんな感じだと思う。

賢い手なのかどうなのかわからないけれど、僕が意見を言うとなにかさらに揉《も》めそうな気がしたので黙っておく。

というか逃げたい。

こんなことに巻き込まれたくないんだけれど、このまま逃げると遥さんが困りそうな気がしたので黙っておく。

遥さんとはこの三日間、同じ新人としてやってきたので、なんとなく仲間意識もある。

流されるまま年上たちの会話を聞いていると、男二人が折れた。

遥さんを諦めるんじゃなくて、僕を連れていく方向で。

どうしてそうなったのかわからないけれど、そうなってしまったのだから仕方ない。

新車っぽい国産の乗用車に乗り込む。

運転席と助手席に男たちが、後部座席に僕と遥さんと女の人が。

「ごめんね」

乗り込むときに遥さんが小声でそう言った。僕は黙って頷《うなず》いておいた。

「ところで、どこに行くの？」

「ああ、なんか怖い場所があるんだって」

遥さんの質問に女の人が答える。

「なんとか食いの家？　肝試《きもだめ》しにいいじゃんって」

「場所教えてもらったからどうかなって」

前の男二人もそんなことを言う。

「肝試し……」

遥さんはその単語を低い声で呟《つぶや》いた。

暗くて顔が見えなかったけれど、嫌悪感が滲《にじ》んでいた。

「彼方君、知ってる？」

僕に話を振ってきた時には表情を取り繕《つくろ》っていた。

そこなら有名だと思うけど、知らないってことは、どうやらここには僕以外に地元民はいならしい。

大学生みたいだから、みんな他の地域から来たってことか。

「たぶんそれって、人食いの家じゃないですか？」

「人食いの家……」

「そうそう、それ！」

遥さんはやっぱり嫌そうに繰り返し、運転手の男は嬉しそうに頷いた。

僕は行ったことがないけれど、そういう動画かなんかで紹介されているのを見たことがある。

峠道《とうげみち》の向こう、市の境目みたいな辺鄙《へんぴ》な場所にある家、というか食堂？

昔はジビエ料理を提供していたそうだけど、いまはただの廃墟。

その提供していた肉の中に、密かに殺した人間の肉を混ぜていたっていう噂《うわさ》がある。

「うひょぉ！　怖ぇ！」

「幽霊とか出るんかな！」

僕の説明で前二人のテンションが上がっている。

対照的に遥さんの嫌悪感はさらに増したようで僕に聞いてくる。

「それ、本当なの？」

「さあ、どうでしょう？」

僕は首を傾《かし》げるしかない。

なにしろ僕がその噂を聞いた時には、もうその家は廃墟だった。

なので予測みたいなことしか言えない。

「本当に人肉を提供していたなら、死んだ人がいると思うんですけど、そんな殺人事件があったって聞いたことはないですし、人肉だってばれた時に騒いだ人がいるなら、それこそそういう事件の記録があってもいいはずですけど、そういうのも知らないです。内緒でそういう噂が流れててそれが本当なのだとしたら、言い出した人は人肉とジビエの違いがわかる人になりますし、そうなったらその言い出した人もなにげに怖くなっちゃいますよ……ね？」

あ。

なんか、車内の空気が冷えた。

いまから盛り上がろうって時にそれを茶化すようなことを言ったんだから、それはそうかもしれない。

ミスった。

「すいません」

「こいつノリワルーイ」

女の人の冷たい声が突き刺さる。

「ええ、彼方君の冷静な意見、私はいいと思うけどな」

遥さんのフォローは嬉しいけれど、その後の車内の空気はなんとなく悪いままだった。

それでも車は峠道をグネグネと進み、目的の場所に着いた。

噂通り、峠道を登り切った先の一本道。下りかけたところで不意に出てくる錆《さ》びた小さな看板。ライトでぎりぎり『猪鹿熊《ししかくま》』と読める。

運転手はそれを見落とすことなく、車をその前に停めた。

「そうだ。君、一番手行ってよ」

「え？」

車が停まったところで女の人が言った。

「空気が冷えたお詫び。怖そうなところ見つけてきて」

「はぁ……」

「ちょっと！」

「いいじゃん。地元なんだから、大丈夫でしょ？」

「一番手はかっこいいよね。譲《ゆず》るよ、君に」

遥さんがなにか言おうとしたのを、前の男二人も好き勝手に言って遮《さえぎ》った。

「そういう問題じゃないでしょ！　年下の子を一番に行かせるなんて……いいわ、私も行く！」

「え、ちょっと」

「ほら、彼方君、行きましょ」

「え、はい」

後部座席の真ん中に座っていた遥さんに押されて、ドアを開けて出る。

彼女が出る場所を開けるために車から離れると、その背後でいきなりバタンと音がした。

振り返ると窓の向こうに驚いた顔の遥さんと、身を乗り出した女の人が見えた。

彼女がドアを閉めたのだとわかるよりも早く、車が出発した。

峠道を攻めるかのような急発進。

あっというまに車は下り道を駆け下りていった。

「ええ……」

まさかの展開に僕は驚くしかなかった。

置いていかれたショックも大きいけど……。

「……こっから歩くのかぁ」

そういう現実なところに考えがいたって、げんなりしてしまった。

戻ってくるのを待つべきか？

でもなぁ。

帰ってこないような、帰ってきたとしても相当時間がかかるような、そんな気がした。

「いいや。歩くか」

腹が立ったのとめんどうになった気持ちを丸ごと吐き捨てて、帰るために歩いた。

遥さんのことが少し心配になったが、大学生なのだからそこはなんとかしてもらうしかない。

実際、いまの僕にはどうしようもない。

警察を呼ぶ？

ううん。それはどうだろう？

そんなことを考えながら峠道を歩いていく。

途中で何度か車やトラックが通り過ぎたけれど、誰も停まってくれなかった。

もしかしたら『峠道を歩く少年』とかいう、新しい怪談が誕生しているかもしれない。

「あっ」

怪談で思い出した。

この峠道の途中には火葬場があったのだけど、その辺りの道で白い着物の老婆《ろうば》が現れるっていう怪談があったんだった。

火葬場に取り残された老婆の霊が、街へ戻ろうとしているんだとかいう話だったっけ。

ただ、これも噂だけど……それは霊でもなんでもなく、この辺りに住んでいる生きたお婆さんだったそうだ。

脅《おど》かすのが楽しくて、白い服を着て夜のウォーキングをしていたのだとか。

迷惑な話だ。

で、どうしてそんな話を思い出したかというと、一人で歩いていて怖くなったからじゃない。歩く僕の前に、白い影が現れたからだ。

暗いからなのか、それとも疲れているからなのか、輪郭《りんかく》のはっきりしない白い影が百メートルぐらい先にある。

それはちょうど僕ぐらいのサイズの人影のようにも見える。

だけど、僕は歩いていて、どんどん距離が縮まっているはずなのに、その白い影は白い影のままでい続けて正体をはっきりさせない。

さすがに身の危険を感じるし、足を止めるべきなのかと考え始めた頃、それがいきなり光った。

「うっ」

強烈な光に目が眩《くら》み、僕は足を止めた。

「おい」

「え？」

しばらく目を閉じて瞼《まぶた》に焼き付いた光が消えるのを待っていると、いきなりそんな声が聞こえた。

高い声。

ゆっくり目を開けると、そこには周りの夜を吹き飛ばすような美少女がいた。

「ここはどこだ？」

金髪碧眼白皙《へきがんはくせき》。青いエプロンドレス。

『不思議の国のアリス』といったらこんな姿、みたいな美少女が目の前にいる。

一つ違うのは、頭にある黒いリボンが布製ではなく、リボンの形をした硬そうな素材の髪飾りだということ。

あと、白い首に絡みつくチョーカーが目につく。

ゴスロリだっけ？

こんなところで？

それもまたホラーな気がした。

そんな美少女が僕に問いかけている。

「おい、聞こえているか？」

「あ、うん。ええと……」

とりあえず状況をなんとか整理しようと、僕は声を出し、彼女の質問に答えることにした。

僕たちはひたすら歩き、歩きながら話をした。

彼女の名前は……。

「我の名前はアリステラ。魔王である」

「重病かぁ」

「む？　どういうことだ？」

「いえいえ、なんでも」

僕より少し年下そう。

つまり中学生っぽい彼女……アリステラの自己紹介を聞いてそう診断した。

医者じゃないけどね。

医者じゃないけど、わかるよね。

封印された魔眼が疼《うず》く的な……ね。

左腕の黒龍が暴れ出す的な……ね。

でも、金髪白人な美少女がそれをしていると似合うなと感じるのは、僕の感性ゆえか。

「それで、家はどこなの？」

「家などあるわけなかろう。そもそも我はこの世界の住人ではない」

「へぇ、そうなの？」

「そうじゃ」

「それなら、どうしてここに？」

「む……」

「む？」

「答えにくいことを聞くのう」

「もしかして、異世界侵略？」

魔王だし。

魔王といえば、世界征服か世界を壊すとかだよね。

彼女のノリに合わせてみたんだけど、返ってきたのは乾いた笑いだった。

「はは……そんなものはもういい。懲《こ》りた」

「へぇ……」

「ここにはな、追放されたのだ」

「追放？」

「封印されてこの世界に流されたのだ」

「それなら、僕の世界で好き放題するのかい？」

「だからできんよ。これが見えるか？」

アリステラは自分の喉《のど》を指さした。

そこにはチョーカーがある。いくつもの円を組み合わせたような黒いチョーカーだ。

「これが封印環《ふういんかん》になっておる。これがあるから、我はなんの力もない」

「ふうん」

「だから、こんな道を自分で歩くしかないわけだ」

「そっか。じゃあ、がんばろう」

「それで、お前……お前の名は？」

「彼方だよ。琴夜彼方」

「コトヨカナタ？」

「彼方が名前ね。琴夜は姓、ファミリーネーム」

「カナタか、よろしくの」

「うん、アリステラもよろしく」

「うむ。それで、カナタはなんでこんなところに一人でいる？」

「はは……ちょっとね」

と、僕はさっきまでのことを話した。

「ふむ……置いていかれたのか」

「そういうことになるね」

「その……ハルカというのは大丈夫なのか？」

「へぇ」

「なんじゃ？」

「魔王なのに他人の心配をするんだ」

「我が魔王と呼ばれる原因となった連中はあっちの世界にしかおらん。その憎しみをこっちに引きずるのは、大人げないだろう？」

「アリステラは大人だね」

「我のことは良い。それで、心配ではないのか？」

「どうかな？　そこまで馬鹿じゃないと思いたいけど」

高校生を夜の山に放置して同じ大学の女性を連れ去って襲うとか、即日逮捕案件じゃないか。完全犯罪には程遠い。

三人の名前はなんとなく聞いていたし、いざとなればすぐに警察に電話できる。

警察が取り調べに来たら喜んで供述するぐらいには、腹が立っている。

「大学生がそこまで愚かなわけない。ないよね？」

「知らんよ」

アリステラの僕を見る目が冷たいように感じるのは、気のせいだろうか？

「まぁ、危機管理ができない者が死ぬのはこちらの世界でも同じということか」

「いや、この国は平和な方だと思うよ？」

「危険がないわけではないだろう？」

「……そうだね」

そんな風に言われたら心配になってきた。

スマホを取り出す。

取り出してみたけれど、僕はまだ遥さんの連絡先も知らない。

なにもできないなと気づいて、手の中で持て余すしかなかった。

「それはなんだ？」

興味深げな視線がスマホに注がれる。

異世界からの来訪者ロールプレイを続けるアリステラにスマホのことを説明した。

「便利な道具だな。それで衛兵を呼べるならそうすればいいだろう」

「うーん」

衛兵。つまりは警察だよね？

電話してもなぁ。

実際にはまだなにも起こっていないんだよな。だから、僕が置いていかれたことはなにかの罪とかになるかもしれないしならないかもしれないけど、遥さんのことに関してはまだなんともならないかもしれない。気を付けておきますねと言われるだけな気がする。

いや、実際に、そういうことを言われたことがあるわけで。

そうだね。

僕は警察を信用していない。

だからできれば、彼らの無意味な取り調べにも付き合いたくないのが本音だ。

「どうした？」

「いや、警察を呼ぶとアリステラのことも説明しないといけないんだけど」

だってここにいるわけだし。

電話をしたらとりあえず高校生な僕が大学生に峠道《とうげみち》で放置されたってことは説明しないといけないわけで、そうなるともちろん、迎えに来てくれることになるだろう。

そしたら側にいるアリステラを見て、「君は?」って聞くよね。当然。僕だって聞く。

「む?」

「僕も怒られるかもだけど、君も絶対に怒られるよ」

親御さんのところに強制送還だね。

「それはいかんな。呼ぶな」

「そうだね」

結局、僕たちは峠道を歩ききり、疲れた足でファミレスに入った。

くたくたになって辿《たど》り着いたのは、国道沿いのちょっと人気のないファミレス。

国道沿いなのに人気がないのは駐車しにくいからだと誰かが予想していた。

誰だったかな?

家族?

まぁいいや。確かに車が入りにくそう。駐車場の上に店舗《てんぽ》がある造りで、柱が邪魔で駐車場の入り口がわかりにくいのだ。

入り口のちょっとした階段を登る足が、ぷるぷるするのを情けなく感じながら入店した。

「ひどい目に遭《あ》った」

「まったくだ」

アリステラもくたくたになっている。

いまだに自分の家がどこかを明かさないこの子のことをどうしたものかと思いつつ、ドリンクバーと大盛りポテトを頼む。

すでに深夜。

お客は他にいなかった。

「それで、これから君はどうするの？」

ドリンクバーの使い方を説明して、二人でジュースをテーブルに持ち帰る。

僕に合わせて彼女もコーラ。

炭酸に目を白黒させる彼女でしばらく目の保養をしてからそう聞いてみた。

「カナタの家に泊まれんのか？」

「……いきなりだねぇ」

「そうするしかあるまい。なにしろ我には家がない」

追放無能力魔王ＲＰ《ロールプレイ》は家出少女にイコールされております。

うーん、まさしく通報案件。

こんな地方の田舎町《いなかまち》にもそこそこ外国人さんはいらっしゃるが、アリステラみたいな子は見たことない。

ていうか、こんな美少女なら絶対に目立って噂《うわさ》になってるはずだけど、そんなのも聞いたことない。

じゃあ、隣の市とか？

でも、移動に電車を使ったとして、あんなところにいる意味がわからない。

バスで無茶苦茶《むちゃくちゃ》に乗ったり降りたりをしたとか？

ヒッチハイク？

「ねえ、アリステラの家はどこにあるんだい？」

「そなた、まだ信用しておらんのか？」

「そりゃあね」

それは仕方ない。

僕は現実的なのだ。

現実的にならざるを得なかったのだ。

魔法も異世界も、それだけじゃなく都合の良いなにかは、僕が本当に困っているときに助けてくれなかったのだから。

「異世界の魔王様も素敵だけど。いまの君も十分に素敵だよ。そろそろ現実に帰ってきたら？」

「痛烈だの。では、どうすれば信じてくれる？」

「そうだね」

そりゃ、答えは決まっている。

だけどその前に大盛ポテトがやってきた。

二人で食べる。

疲れた体にコーラの糖分も染みたけど、塩と油も効く。

しばらく無心で食べた。

「わかりやすいのは、魔法でしょ」

残り少なくなったポテトを惜しそうに見ているので、彼女の前に皿ごと押した。

「やっぱり、そうなるか」

「そりゃね」

異世界イコール魔法。

魔法イコール異世界。

それが真理だよ。

魔法のない異世界なんて認めない。

認めたくない。

「しかし言っておるが、我はいま力を封じられておる」

「そうだね」

「だが、解く方法がないわけでもない」

「ふうん」

「この封印環《ふういんかん》を外せばいいんじゃ」

「そう」

「だが、そう簡単に解くことはできん」

「どんな資格がいるの？」

「我を受け入れることができる者だけじゃ」

「それだけ？」

「そうじゃ。我を魔王であると知りながら受け入れることができる者。だが、一時の感情で外せるようなぬるい物ではないぞ。なにしろ神の……うん、どうした？」

「いや、ちょっと。髪あげて」

「こうか？」

「そうそう」

僕は席を立つとソファ側に座っていた彼女の隣に腰を下ろし、後ろ髪をあげさせた。

白い首筋とうなじにドキッとする。

そのドキドキを隠して手を伸ばし、チョーカーの後ろにある留め金を外す。

うん、簡単だ。

「へ？」

アリステラが驚いた声を上げた。

「はい。外れたよって……」

そこで変化があった。

チョーカーがいきなりぱっと消えたかと思うと、僕の指に指輪がはまった。

しかも、左手の薬指。

銀色の地味な指輪。

「え？　なにこれ？」

「お、お前……」

戸惑う僕にアリステラも驚いて自分の首を触っている。

そして僕の手を見て、そして自分の手を見た。

あ、彼女の左手の薬指にも似たような指輪がはまってる。

「まさか……こんなにも早く、婿殿《むこどの》が見つかるとはな」

「は？」

「これから、よろしくお願いするぞ。婿殿」

「は？」

いきなり深々と頭を下げるアリステラに、僕はそう言うしかなかった。


「説明を最後まで聞かないのが悪い」

指輪を取ろうとしたら取れなかった。

その様子を見てアリスが言うのだけど、彼女の声もなんだか張りがない。

いまだに驚いているみたいだ。

「仰《おっしゃ》る通り。でもこれ、他の人に見られたら困るかも」

「なんだ？　なにが不都合だ？」

アリスがむっとしたのがわかった。

「そうじゃなくて、校則」

「うん？」

「たぶん、装飾品は禁止だった気がするんだよね」

公立だし。

「外れないのは困る」

「なんだそんなことか」

あ、機嫌が直った。

「見えなければいいのだろう?」

「え? まぁ、そうだね」

「なら、こういうのはどうだ?」

アリステラが僕の左手を撫《な》でる。

ひやりとした感触に驚いていると、薬指にあった指輪がスーっと消えた。

「え?」

「目隠しの魔法だ。触ってみろ。ちゃんとあるから」

「あっ、ほんとだ」

すごいすごいと見えない指輪を触っていて、はたと気付いた。

「え? 魔法?」

「そうだ」

「……そうなんだ」

「なんだ?」

「いや……地味だなって」

「贅沢《ぜいたく》だの。ここを焦土《しょうど》にでも変えれば気が済むか?」

「……焦土は物騒だよね」

「怖かろう？」

「そうだね。怖い」

「婿殿に怖がられたら我も困る。なら、これぐらいで満足してほしい。ああ、そうだ」

「うん？　あれ？」

なんだか、体が軽くなったような？

「疲労抜きの魔法を使った」

「ああ、なるほど？」

「実感したか？」

「した……かも？」

ああ、それなら。

「遥さんを探してくれない？」

やっぱり、一応は気になる。

魔法なら人探しも簡単にできるんじゃないかなと思ったんだけど、アリスはちょっとむっとしたように唇を尖らせた。

「ふむ。新婚にして浮気を気にしなければならないのか。悲しい」

「いや、そうじゃなくて……」

「冗談だ。とはいえ、それは無理だ」

「どうして？」

「我はその遥という人物を知らん」

「あ……」

なるほど。

なんか納得。

「なにか手がかりになりそうなものでもあれば、あるいは方角ぐらいはわかるかもしれないが……どうもこの世界の人間は我とは少し違うようだからな。少々、調律《ちょうりつ》も必要だな」

「手がかり」

他の部分はわからないけど、手がかりがいるというのはわかる話だ。

とはいえ、そんなに都合よく彼女の私物を持ってはいない。

いや、持ってる方がおかしい。

だって知り合ってまだ三日だしね。

「無事であることを祈るしかない？」

「それがいいだろうな」

何度目かのその結論。

それでいいのだろうかという思いも少々あったりもする。

「ねぇ、そういえば」

「うん」

もにょりつつ、僕は一つ気が付いたことを質問した。

「なんだかすごくお腹が空《す》いたんだけど？」

そう。さっきから急にお腹が空き出した。

無事にここまで来られて安心したからか？　そういえばバイト前にコンビニおにぎりを一個齧《かじ》っただけだったとか、そんなことを考えていたのだけど、それにしても急な、そして切迫した感じのある空腹感だ。

一応、半分ことはいえ大盛ポテトを食べたのに。

「ああ、それは当然だ」

「え？」

「疲れを癒《い》やすには栄養がいる。先ほどの魔法は疲労回復で失われる栄養を魔力で補塡《ほてん》したのではなく、ただ回復を促進させただけだからな」

「そうなの？」

「おかげで、明日筋肉痛に苦しむこともなくなったのだぞ」

「それは助かる」

「それに、婿殿はまだ魔力に馴染《なじ》んでいないようだからな。いきなりそんなに魔力を送り込んだら、体が不調をきたしてしまうかもしれん」

「そういうもの？」

「そういうものだ」

「そっかぁ」

ああ、お腹空いた。

仕方ない。どうせ晩ご飯は食べないとだし、移動して別の場所で食べるのも待てないし、ここでなにか食べよう。

「それで……これはなんなのだ？」

アリステラは妙にうきうきした顔で、テーブルに貼られた期間限定メニューの広告を指さした。

ああ、気になっていたんだね。

「もしかして……わざと？」

「なんのことだ？」

それが食べたいから、僕を空腹にしたんじゃないのかい？

アリステラは、ツイっと視線をそらして知らんふりする。

そんな彼女が可愛《かわい》いなと思ったので、まぁいいかと中身の寂しい財布のことは忘れて、注文用のタブレットを手に取った。

†

アリステラが魔王であることは信じた。

魔法が使えたからね。

「しかしよくすぐに信じたな」

アリステラは季節のフルーツパフェの甘さに震えながら、そんなことを言う。

器用だ。

「まぁ、実際に体験したわけだし」

僕はハンバーグのセットをもぐもぐしながら答える。

「ほう。思考が柔軟だな」

「まぁね。……必要以上に否定してると、大事な物を見落とすからね」

「そうか」

「そうだよ」

それからしばらく、僕たちは食べることに集中した。

だってもうほんとにお腹空いているから。

そんなときは余計なことは考えたくないよね。

と、アリステラが話し出したのは僕が食べ終わり、彼女がパフェの三分の一ほど攻略が終わった頃だった。

「この店には客がおらんが、大丈夫なのか？」

「んーどうなんだろうね」

深夜なのもあるけど、僕たち以外にお客の姿はない。

このファミレスはほとんど利用したことがないのでなんとも言えない。

駐車場は不人気だということは知っているけれど。

日中は意外に客がいるのかもしれない。

「いまは深夜だし、こんなものなんじゃないかな」

「そうか。では……あれも普通なのか？」

と、アリステラがついと顎《あご》で隣のテーブルを示す。

もちろん、隣には誰もいない。

「誰もいないけど？」

「見えんのか？」

「え？」

と、今度はアリステラが僕の隣にやって来た。

「それにしても……」

「え？　え？」

　ぐいと顔を近づける。

　額がこつんと当たった。

「婿殿《むこどの》、我の目を見よ」

「…………」

　間近で見る青い瞳はやっぱりきれいで、鼻孔《びこう》をバニラの香りがくすぐった。

「複製・譲渡《じょうと》・魔眼」

　底の深い青の瞳に吸い込まれそうになっていると、不意に自分の目になにかが飛び込んできたような痛みに襲われた。

「っ！　な、なに？」

　思わず額を離す。涙で滲《にじ》む視界で彼女を探すと、変わらずじっと僕を見ている。その透明さにどきりとしてしまう。

「痛みが引いたら、また見てみるがいい」

　そう言うと、自分の席に戻ってパフェを食べ始める。

「なんなんだよ」

　目になにかが入ったような染みる痛みに、しばらく呻《うめ》く。

「ああ、なんとかマシになってきた」

「ほう。もうか。婿殿は意外に魔力に馴染む体なのかもしれないな」

「どういうこと？」

「婿殿は特別ってことじゃ」

「……ありがとう。っていうか、そういえば……その婿殿ってどうにかならない？」

「嫌か？」

「嫌というかなんというか、　時代劇感がすご……」

言っている途中で、滲んでいた視界が直って隣のテーブルが見えた。

「そうか？　ではカナタで良いか？」

「うん」

「では、そなたも我を……そうじゃな。気安くアリスと呼ぶことを許そう」

「あ、ありがとう。それともう一つ」

「なんじゃ」

「あちらの方はどなた？」

僕はアリステラ……いや、アリスを見ながらそう言った。

「だから、我が聞いたであろう？」

「いや、僕が知るはずないじゃん」

さっきまで見えていなかったんだから。

そう。アリスに言われた時には、隣のテーブルには誰もいなかった。

だけどいま、そこにはおっさんがいる。

ハリウッド俳優張りに白くて並びの良い歯を剝《む》き出しにした頭髪のないおじさん。体は青色のジャージ。

なによりの違和感は、その頭がデカいこと。

ちょっと頭の大きな人レベルじゃない。

某《ぼう》ケーキ店のマスコットとか、店先に並んでいる幸運おじさん福太郎《ふくたろう》とか……。そういうデフォルトされた人形的な頭の大きさだ。

そうだそうだ。すごくぎらついた顔の福太郎。いまどきの可愛い顔立ちじゃなくて、ネットで見たことのある昔に作られた妙なリアリティを追求した感じの福太郎。

これが一番、あのおじさんを表現できている気がする。

「我が知るはずなかろう。これはこの世界のモノだからな」

アリスはそう答え、素知らぬ顔でパフェをじっくりと味わっている。

「そんなこと言われても」

僕だって初めて見るわけだし。

「ていうか、さっきのはなんだったの？」

「あれは我のスキルの一つをカナタに譲《ゆず》ったのだ。とはいっても複製だがな」

「そ、そう」

「それほど強くもない。まぁ、我と縁《えにし》を結んだのだから慣れてもらうためにも力の一つや二つは使いこなせた方がいいだろう？」

「う、うん。うん？」

なんか、混乱する。

それにしても、魔眼だったよね？　たしか。

そうか。ついに本当に魔眼が疼《うず》くようになってしまうのか。

疼いた結果で見えてしまったのがこの人か……って。

なんか、席から立って僕の側に来たんですけど？

なんか、すごく見られているんですけど⁉

圧が……圧がすごい！

「ねぇ、これって……大丈夫？」

「わからん」

「ええ」

「心配せんでも、なにかあれば我がなんとかしてやるよ」

「そう……よろしく」

「…………」

「どうしたの？」

「なんでもない。そうだ。我に任せよ」

「頼むよ」

「うむ！」

妙に嬉しそうに頷《うなず》くアリスに首を傾《かし》げつつ、でもその笑顔はやはり可愛《かわい》い。

うん。

アリスは可愛い。

僕はすっかり、この不思議な美少女に魅入《みい》られているのだと実感した。

とはいえ……。

それはそれでいいのだけど、問題は隣のおっさん福太郎だ。

いまもずっと僕の側に立っている。

困った。

暴力的な危ない人たちに目を付けられたときのような危機感はないのだけど、どうすればいいのかわからない不安感は溜まり続ける。

逃げたい。

だけど、アリスのパフェはいまだ半分以上残っている。

食べるのが遅すぎる。

「言いたいことがあるのなら言え。鬱陶《うっとう》しいぞ」

いきなり、アリスがじろりとおっさん福太郎を睨《にら》みつけてそう言った。

そうすると不思議と迫力があって、僕は息を呑《の》んで彼女を見た。

「######」

おっさん福太郎もアリスの迫力にやられてかすかに体を震わせると、なにかを言った。

だけど、なにを言っているのかわからない。

知っている言葉なんだけど、声が小さくて早口すぎてわからないとかそんな感じな気もするし、全く違う言語を吐かれたような気もする。

とにかく、わからない。

わからないのだけど、さらに僕に向いていた体をぐるりと動かした。

向けた方向は店内。客のいないホールの中央部分。

そこにもテーブルがあるのだけど、その上に黒い煙があった。

火事かと思った。

だけど、煙特有の臭《にお》いはない。

そもそもあんな煙が上がっていたら火災報知器が鳴ったり、消火装置が作動したりしていそうだけど、そんなことはない。

そして、それは次々と湧いているのではなくて、そこにとどまっているみたいだ。

ちらりと厨房《ちゅうぼう》の方を見ても、店員が飛び出してくる様子もない。

じっと見ていると胃袋をぎゅっと握りしめられたような違和感がして、目をそらした。

なんか、薄気味悪い。

さっき食べたものが出てきそうだ。

「なにあれ?」

「だから、我にわかるわけがなかろう」

「でも……」

「そやつはあれをどうにかしてほしいようだな」

「#####」

アリスの言葉におっさん福太郎がなにかを言いながら頷く。

「ふむ……わからん。とはいえ、いまの我はまだこの世界への調律《ちょうりつ》がうまくいっておらんから、あまり大きなことをするべきではないのだが」

と、アリスが僕を見る。

「カナタは、あれはなんだと思う?」

「え?」

僕にだってわかるはずがない。

「だが、カナタはこの世界の住人だ。初めて見るものでも、なんとなく『これはこういうものかもしれない』みたいな予測はあるのではないか？」

「ん。んん……まぁ」

テキトーでもいいなら、当てはめる言葉はあったりする。

遥さんたちの肝試《きもだめ》しであんなことを言ったのでもわかる通り、僕だって多少はオカルトに興味があったりするのだ。

つまりはオカルト解釈になってしまうわけなんだけど……。

さっきまで見えなかったリアル福太郎なおじさんに、気持ちの悪い煙。

こんなのオカルト案件だと思うしかないじゃないか。

「はっきりとはわからないけど……」

たとえばの話だけど、このおっさん福太郎は不気味だけど悪い感じがしないから、店か土地の守護霊とか、それこそ福の神とかそんなもの。

だとすると、あそこにあるのはここにとって悪いモノ。

悪霊とか、呪いとか、恨みの念とか……。

おっさん福太郎はあの悪いモノを消してほしい？

「そういう感じ？」

「ふむ」

「あっ、いや……でも、こんなのはそれこそオカルト漫画の影響というかなんというか」

「それでよかろう」

「え？」

「ほとんどの者に見えない存在のくせにちゃんと理解しろというのが、どだい我《わ》が儘《まま》というものだ。それでいて助けを求めるのであれば、多少は勘違いも覚悟せねばな」

「うーん」

「完全な理解など、得られるはずもない」

「……そうだね」

ふわっと出てきたアリスの闇部分に共感を覚えつつも、僕はおっさん福太郎を見てしまう。

（それでいいんですか？）

（ええよ）

なんとなくだけど、いま、わかり合えた気がした。

気のせいかもしれないけど。

それでいいんだ。

「ええと、じゃあ、それでお願いします？」

「わかった。消そう」

アリスはなんともないように言う。

パフェを食べ続けたまま。

パ――――――ン！

「うわっ！」

いきなりの音に僕はびっくりした。

音は背後から。

たぶんだけど、さっきのホールの中央から。

見ると、あの黒い煙がなくなっていた。

慌てた様子で厨房から店員さんが出てくる。

そして不審げに僕たちを見た。

だけど、僕がびっくりした顔をしているのを見て、一応は疑いが解けたみたいだ。

そのままホールを一周して見回り、首を傾げながら厨房に戻っていった。

「これでよいのか？」

「#り##う」

おっさん福太郎がまたなにか言った。それは不思議となにを言っているのかわかったような気がした。

やっぱり気のせいかもしれないけど。

おっさん福太郎を見てみると、さっきと印象が変わった気がする。

なにを考えているかわからない不気味さは相変わらずだけど、ほんのりと温かい光を纏《まと》っているような？

ほんとに気のせいかもしれないけど。

「え？」

「##ぞ」

いきなりおっさん福太郎が僕の前に手を出してきた。

掌《てのひら》を上に向けて、そこに載せたなにかを渡そうとしているみたいな動作。

だけどそこにはなにも載っていない。

いや、なにか、載っているかも？

わからない。

わからないけど、なにかがあるような気がする。

「あ##」

僕が困っているとおっさん福太郎はさらになにかを言い。差し出した手をわずかに上に振った。手に載ったなにかをポンと放るような動作だ。

見えないなにかがわずかに宙に浮いて、それは僕の胸にぶつかったような？

中へと入った、ような？

え？　入った？

ほんとに？

「え？　あの？」

「＃れ＃」

そう言うとおっさん福太郎は僕たちの前を去り、さっきまで黒煙があったテーブルに移動すると、そこに腰を落ち着けた。

もう僕たちを見ていない。

にこにこと窓ガラスの向こうを眺めている。

「えっと……なんだったの？」

「だから、我にわかるわけがない」

素知らぬ顔のままアリスはパフェを食べ続けた。

ようやく食べ終わってから会計をした時に気付いた。

レジをした店員さん、店長さんかもしれないけど、その人のズボンのところからわずかに見えたそれ。

キーホルダーっぽいそれは福太郎だった。

普通に、みんながよく知る福太郎だった。

あのおっさん福太郎との関係は……よくわからない。

†

アリステラ……アリスは異世界から来た。

追放されたという。

彼女がなにをして元の世界から追い出されることになったのかはわからないけれど、魔王なんて名乗っているのだからそういうことなのだろうと思っておくしかない。

真実はわからない。

いつか教えてくれるかもしれない。

しかしそんなことより……。

いま問題とするべきなのは、だから彼女は僕の部屋に連れていくしかないということだ。

だって中二病家出少女の可能性は潰《つい》えてしまい、正真正銘《しょうしんしょうめい》の家なし魔王だということが判明してしまったのだから。

「ほう、これがカナタの家か？」

「家というか部屋だね」

「部屋？」

「うん、この部屋だけ」

「なるほど、集合住宅というものか」

「あ、そういうのは向こうにもあるんだね」

「まぁな。我も住んでいたことがある」

アリスが玄関に入り、その場できょろきょろと辺りを見回す。

「あっ、靴《くつ》はここで脱いでね」

「靴？　ほう、そういう文化か」

「そうそう」

僕が靴を脱いでみせると、彼女もそれに倣《なら》う。

だがそれは靴を脱ぐという行為ではなく、靴が解けて消えるというものだった。

え？　という顔をしていると説明してくれた。

「この服は全て我の魔力でできている。消すも出すも自由だ」

「便利だね」

洗濯《せんたく》いらずだ。

「だろう」

得意げに笑う彼女の前に立ち、僕はキッチンを兼ねた短い廊下《ろうか》を抜け、その先のワンルームに案内した。

長方形のフローリングの六畳間《じょうま》。ベッドと小さな座卓があるだけの空間。収納は二か所あり、そこそこ広い。

　キッチンの反対側にユニットバスがある。洗濯機はベランダ。

「なにもないのう」

「引っ越してそんなに経ってないしね」

　この部屋に来たのは高校生になってからだ。

　まだGWも迎えていないのだから新品感が残っている。

　物件そのものは新しくないから、ギリギリそう見えるという感じかな？

「そういえば、カナタはどういう人間なのだ？」

「どういうって？」

「なにをして生活しておる？」

「ああ、高校生だよ」

「コウコウセイ？」

「学校はわかる？」

「わかるとも、学校に通っているのか」

「そうそう」

　女の子が自分の部屋に来たという事実に緊張していたが、バイト明けに長距離ウォーキングを強要されたことが響いたのか、すぐに眠気が来た。

疲労抜きの魔法をかけてもらったのではなかったか？　と思ったけど、なにより精神的に疲れてしまっているのかもしれない。

イベントとしてはその上にアリスとの出会いにおっさん福太郎の件もある。

色々ありすぎた。

「ああ……もう眠いから体を洗って寝たい……」

「ふむ。そうするがいいだろう」

「でも、アリスにお風呂の使い方を教えないといけないんだけど……」

「それはまた明日でもいい」

「でも」

「洗浄の魔法もある。風呂なぞ入らなくとも、我はいつでもピカピカだぞ」

「そっか、じゃあお先に」

そう言って替えの下着とかを持ってユニットバスに入った。

お風呂の向こうに異性がいることに緊張しながら体を洗う。

だけど眠くもある。

余計なことは考えずにさっさと洗おう。

いろいろと考えたり受け入れたりするのは明日からでもいいはずだ。

ああ、でも……明日からはまた学校が。

用意するものがあるなら、土日まで我慢してもらわないとかな。

まとまらない思考を眠気の中でいじくりながらシャワーで頭と体を洗い、ついでに歯も磨《みが》いてユニットバスを出る。

「お待たせ」

そう言いながら戻ると、アリスはベッドに転がって眠っていた。

「おおう」

ベッドの中央で眠るアリスを見て数秒ほど硬直し、それからため息を吐くと彼女に掛け布団をかけ、僕は座卓に座る時用のクッションを枕にして床で寝た。

床は硬いけど、やっぱり疲れていたからかすぐに寝られた。

†

アリステラはぱちりと目を覚ます。

「ふむ」

カーテンの隙間《すきま》から見える外はまだ暗い。

部屋を照らしていた白い光は、なぜか暗いオレンジ色になっていた。

どういう変化なのか？

魔法がないこの世界は、それはそれで面白い。

「カナタは？」

寝ぼけた思考で辺りを見回す。

彼方が風呂から出てくるのを待って、ベッドに腰をかけている内に眠ってしまったのはわかる。

だが、部屋の主《あるじ》の彼方がベッドにいないのはどういうことか？

「む？」

彼方の姿はすぐに見つけることができた。

足下になにかが丸まっている。

見れば床で彼が丸くなって眠っていた。

「仕方のない婿殿《むこどの》だ」

彼方に止められた呼び方をして淡く笑う。

「結婚最初の夜というのは大切なものではないのか？」

そう言いつつ、見えない手の魔法で彼方の体を浮かせ、自分の隣に置いた。

そのまま纏《まと》っていたエプロンドレスを解いて裸身を晒《さら》すと彼方の隣に転がる。

「そなたはなんなのだろうな？」

かすかな寝息を零《こぼ》す彼方に顔を近づけ、彼に魔眼を授けた時のように額を合わせた。

すっと、意識を彼のそれに潜り込ませる。

彼の記憶を盗み見る。

それは卑怯《ひきょう》なことのようにも感じたが、そうしなければ他人を信じられないアリス自身の歴史がそうさせた。

「……なるほど」

読み終わって、アリスは彼方の寝顔を見つめた。

母の死、それから始まる父との不和。

新しい家族との衝突。謀《たばか》り。

そして、ここに一人。

「そうか。カナタも信じてもらえなかったのだな」

それなのに、アリスのことを信じた。

自分が信じられなかったことで辛《つら》い目に遭《あ》ったから、自分は他人をそんな目に遭わせないようにと、アリスを信じたのだ。

「我とは大違いだ。偉いな、カナタ」

アリスは彼方の腕の中に潜り込むように体を丸めた。

「我の婿殿に相応《ふさわ》しい。……できれば、これからもずっとそうで」

アリスの願いは最後まで呟《つぶや》かれることなく、再び眠りの中に落ちた。
次に目覚めたのは、彼方の上げた悲鳴でだった。

episode

# お嫁さんは強い

oyomesan maou
to boku no
kimyou de saikyou no hibi

ああ、びっくりした。

起きたらいつの間にかベッドで寝ていて、そして隣で寝ていたアリスが裸だった。

なにかやらかしたのかと思ったが、そうではなかった。

ほっとしたりテンパったりしつつ、朝ご飯にレトルトスープを用意した。

それから時間潰し用に携帯ゲーム機のＸｗｉｔｃｈを渡して、使い方を教えて学校に行った。

アパートを出て、歩いて三分で高校に到着する。

急ぎで探さないといけなかったのだけど、こんな近くでいい物件が見つかったのは幸運だ。

「あっ、やば」

「どした?」

学校に着いてから、しまったと思った。

「いや、ちょっと忘れ物」

「宿題?」

「いや、そっちは大丈夫だけど」

「え?　じゃあ見せて」

「マジか」

「マジ」

前の席の掛井《かけい》くんに宿題を渡しつつ、「さて、どうしたものか」と考える。

アリスの昼ごはんのことをすっかり忘れていた。

部屋は近いが、学校の近くには店がない。一番近いコンビニでも歩いて五分。しかもアパートとは反対方向。

学校の購買でパンを買って、持っていくのが現実的だけど、下校時間以外で勝手に校外に出るのは禁止されているので、そこをどうするべきか。

家電もないしなぁ。

考え事をしていると隣の席に座っている女子と目が合った。

そのまま無言でついとそらされる。

寸前、すごく嫌な顔をされたのを見逃さない。

彼女とは同じ中学ではなかったはず。

なのに、そうされた原因は想像がつくんだけど……。

……噂《うわさ》が広まっているなぁ。はぁ。

僕にはいま、悪い噂が付いて回っている。

義理の妹を襲ったとかいう噂だ。

もちろん、事実無根だ。

事実無根なのだけど、その噂の発端が義理の妹当人なのでどうしようもない。「本人から聞いた」と言われたら、どんな反論も無意味だ。

一人暮らしっていう、僕のいまの状況も言い訳無用を後押ししているし。

実際、してやられたとしか言いようがない。

うちの父親と彼女の母親が再婚し、同じ家に住むようになってわりとすぐ。いまの高校への進学が決まっていた時期。

両親がいないタイミング。

もうすぐ帰ってくるというタイミング。

その機会を狙って義理の妹は僕の部屋に入ってきて、いきなり服を脱いで迫ってきた。

ただただ困惑する僕を前に、彼女は笑い、そして玄関が開く音が聞こえてきたと同時に笑い声は悲鳴に変わった。

完全に狙っていた。

一歳下にハニトラをしかけられたのだ、末恐ろしくて人間不信になりそう。

そんなことが起きて、元々悪かった父との関係が最悪に至って、家を追い出されることになった。

さらに、以前から仕事場の近くに引っ越したかったという話をいきなり持ち出してきて、彼らは揃って別の街へと引っ越していった。

義妹の反応を見るに、たぶんだけど義母も絡んでいるっぽい。

僕を追い出して他人に遠慮《えんりょ》することのない家庭を作りたかったのだろう。

家庭を縄張《なわば》りと言い換えると、ひどく動物的に聞こえてくるね。

子殺しをするライオンか、他人の巣に卵を産み付ける郭公《かっこう》か。

なんだかそんな動物世界の弱肉強食を味わったって感じか。


ははは……はぁ～あ。


最悪の高校デビューだ。

目の前の掛井君にはまだこの話は届いていないが、いずれは届くのだろう。

変なイジメとかが始まらないことを祈るばかりだ。

無視ぐらいでとどまればいいな。

でも、まぁ……それはともかく。

そんなことよりいまはアリスの件だ。

どうにもならないことを心配して神経を削《けず》られるぐらいなら、考えない方がいい。

それよりもどうにかなることを考えよう。

アリスがお腹を減らして待っているというのはかわいそうだから、ここは先生たちに怒られるのを覚悟で食べ物を持っていくべきだろうね。

うん、お嫁さんだしね。

そんなことを考えていたら担任がやってきた。うちの学校は廊下《ろうか》側の壁の上半分が窓になっているので、歩いてくるのが見える。

その後ろについてきている姿もすぐにわかる。

教室がざわっとした。

僕も驚いていた。

「ええ……朝のホームルームを始める前に転校生を紹介します。どうぞ」

「うむ」

担任の隣に立つ彼女にみんなの視線が集まる。

金髪碧眼《へきがん》の転校生。

いや、その制服はどうやって手に入れたのかと。

いやいや、それ以前に転校生って。

「アリステラだ。よろしく頼む」

「はい。転校生って言ったけど、家庭の事情で入学が遅れただけみたいなものだね。みんな仲良くするように。では、あなたの席は……」

「我の席は決まっておるぞ」

担任たちと一緒に来ていた事務の人が教室の後ろに新しい席を置いていたのだけど、アリスはその席を指さされる前に自分で動き、僕の隣の席……さっき、僕から目をそらした彼女の前

に移動した。

「そこ、替わっておくれ」

「……はい」

彼女は反論もなくアリスに従い、ささっと荷物を整理すると新しい席へと移動してしまった。

そしてアリスは、嬉しそうにそこに座る。

誰もそれを止めなかった。

異常なことだと思っている様子もない。

魔法……使ったんだろうなぁ。

そのまま担任が簡単に出席確認や連絡事項を伝えると、ホームルームは終了した。

次の授業までの短い休憩時間。

転校生と来ればの怒濤《どとう》の質問攻めが始まるのかと思ったら、そんなことは起きなかった。

その代わり、教室に妙な緊張感が走っている。

なんだ?

と思っているとアリスが動いた。

立ち上がると、僕の席に手を置く。

「びっくりしたろう?」

「いや、そりゃ、するでしょう?」

いつの間にこんなことになったのか。

ドヤっているアリスを見上げる。

いや、見上げるってほどでもないな。アリスってちっちゃいから。

「あのまま待っていても暇だからな。それならカナタの側にいる方がいいだろうと思ってな」

「ああ、そうなんだ」

ぐわっと前の席の掛井君が振り返って僕を見た。

すごく驚いた顔をしている。

「ええと、宿題、写し終わった？」

「あ、ちょ、ちょっと待ってな」

僕が聞くと、掛井君は慌てて前に向き直る。

だけど、視線は他からも感じられた。

「え？　ちょ？」

「なに？　どういうこと？」

「え？」

みたいな動揺《どうよう》の声が聞こえてくる。

むしろこっちがびっくりする。

何事だ？

「あの、アリステラさん」

クラスの女子が三人ほどでつるんでアリスのところにやってきた。

「琴夜《ことよ》君と知り合いなの？」

「うむ、そうじゃが」

「へぇ……」

「それだけじゃないぞ。あらかじめ言っておくが、我とカナタは夫婦だからな」

その瞬間、教室が驚きで凍り付き、そしてすぐに爆発した。

†

なんだか居づらい雰囲気《ふんいき》のままお昼休憩に突入した。

僕たちは購買でパンを買い、人気《ひとけ》のなさそうな場所を探す。

校庭にあるベンチが空《あ》いていたのでそこにした。

「……とりあえず、君のお昼ごはんの心配をしなくてもよくなったのはよかったけど」

購買で買ったのは僕がミックスサンド。アリスがチョココロネ。それから紙パックの野菜ジュース。

アリスは噛《か》みついたら反対から飛び出すチョコクリームに慌てふためいている。

「で、どうやったの？」

もちろん、転校生の件だ。

「なに、認識を誤魔化《ごまか》す魔法をな」

なんかすごそうな魔法なんだけど。

「その制服も？」

「うむ。これだけ大量に同じ服を着ているものがいれば真似《まね》るのは簡単だ」

やっぱり魔法なんだ。

「調律《ちょうりつ》がどうとかいってなかったっけ？」

「うむ、だから気を付けて使っているよ」

「そう？　ばれない？」

「我は暗躍とかしておったからな。潜入は任せておけ」

「あれ？　城の奥で勇者を待ち構えていなかったの？」

「なんだその、負けるのを待っているみたいな姿勢は？」

「……そう言われればそうだね」

納得した。

ゲームとしてはその方がいいんだろうけど、現実的に考えるとおかしいか。

いやでも、総大将ってあんまり動かない方がいいような気もする？

「そういえば、どうして婚約者に格落ちしたのだ？」

思い出したのか、アリスがむっとした顔で僕を睨《にら》む。

朝のホームルーム後のことだ。

いきなりの結婚宣言でざわめく教室で、僕は婚約者だからと慌てて訂正《ていせい》したのだ。

「ええとね、この国の法律では、結婚できるのは男性は十八歳からなんだよ」

で、僕は高校一年生。

今年で十六歳だ。

「アリスも僕と同じ高校一年生ってことだから、一応、僕と同い年ってことになる」

本当の年齢は知らないけど。

まぁ、魔王に年齢なんて関係ないよね。

「だから結婚はできなくて、せいぜい、婚約ぐらいなんだ」

「なるほど。そういうことか」

「そういうこと」

「ならば、対外的にはそういうことにしておこう」

「うん」

「我とカナタの結婚は制度などに囚《とら》われん」

「そうそう」

「真実の愛だからな」

「真実？」

「そう、真実だ」

真実。

……真実ってなんだろう？

一瞬だけ、宇宙のことを考えた猫のような気分になった。


そんなやり取りをして昼食を済ませる。

それから図書室に移動して午前中の授業で出た課題を済ませておく。

「まじめだの」

「帰ってからの時間を確保しておきたいだけ」

「一人暮らしは大変か」

「まぁね。……ていうか、僕の家の事情、言ったっけ？」

「む」

一人暮らしなのは見ればわかるけど、さっきの言葉のニュアンスは、なんかわかってる感があったから聞いてみたんだけど。

……これは、なにかしたな。

「なんか……魔法でした？」

「むむむ……」

目をそらすアリスをじっと見つめると、彼女の顔から冷や汗がどばどば溢《あふ》れた。

「すまん」

「まぁ、いいけどね」

どうせいつかは話さないといけないことだっただろうし、手間が省《はぶ》けたと考えるべきだよね。

僕以外から変な風に話されるよりはよかったのかもしれない。

「軽蔑《けいべつ》した？」

それでも、僕はそう聞くのを止められない。

「なぜ？　軽蔑されるのは我の方であろう」

「いや、内容的にさ」

「騙《だま》されたのはカナタの方だ」

「うん、まぁね」

「なら、そんなことを気にする必要はない」

アリスがなにか言おうとしたけれど、その前に図書カウンターに座っている図書委員に睨まれたので、彼女に静かにするように促した。

声を潜めていたつもりだけど、響いていた様だ。

僕は一度言葉を呑《の》み込み、それから小さく「ありがとう」と伝えた。

昼休憩が終わって教室に戻ると、なぜか空気がひりついていた。

机に掛井君に貸していた宿題が戻っている。

次の授業で提出だから念のためにと中を確認していると、最後のところに小さな書き込みがあった。


『境衣《さかい》が言いふらしてる。ごめん』


僕の字ではない。たぶん、掛井君だろう。

境衣一色《ひいろ》。

同じクラス。朝のホームルームの後で、アリスに話しかけていた三人組の一人。

同じ中学校。

どころか小学校と幼稚園も同じ。

前の家のお隣さん。

幼馴染《おさななじみ》、というものだろう。

実際、仲良くしていたと思う。小学校まではお互いの家に行き来して遊んでいた。中学校に入ってからはそういうことはなくなったけど、それでも会えば普通に話をしていた。

だけど、あの件を知ってから、態度を一変させた。

完全に無視されるようになった。

視線が合うと汚物かゴキブリでも見るような目をされるようになった。

かと思うと、学校中で僕のことを言いふらし、あっという間に最低人間のレッテルを貼られたりした。

中学時代最後の短い期間だったけれど、学校そのものが氷河期に突入したようで、そこにいることがただただつらかった。

場合によっては合格が取り消しにされる可能性もあったわけで、ほんとに……心休まる時間がなかった。

なにより、一色の変化で、僕は色々と実感させられた。

これからはこういう視線で見られるようになるんだなって。

「…………」

僕は内心で感謝しつつ、掛井君のメモに消しゴムをかける。このまま提出はできないからね。

さて、これで僕は教室に居場所を失ってしまったわけか。

卒業まで僕の胃は保つかな？

午後の授業は無事に終わり、帰りのホームルームも終わる。

部活の時間だけれど、僕はほとんど活動していない文化系のクラブに入ったのでこのまま帰る。

今日はバイトがないから、料理の練習がてら自炊《じすい》でもしよう。

そう思っていたのに……。

「アリステラさん、ちょっといい？」

……このままなにもないままで帰らせてはくれないらしい。

一色が前と同じように友達二人を連れてアリスに話しかけている。

「なんだ？」

「……あの話って本当なの？」

「話？」

「……琴夜君と婚約者だって話」

「事実だが？」

「っ！」

一色の背中が震えるが、アリスは意に介さない。

「我は結婚で良いと思うのだが、この国の法律がそうさせてくれん。まったく歯がゆいな」

堂々としたアリスの発言で教室の空気がざわつき、僕にも視線が集まる。

好奇心、戸惑い、混乱……色んな感情が野次馬となったクラスメートたちの中にはあると思うのだけど、無駄に敏感になった僕の神経が負の感情を拾い上げる。

一色がどんな表情をしているのか、僕からでは背中しか見えていないのでわからない。

「アリステラさんは知ってるの？　琴夜君の噂《うわさ》？」

「噂？　噂などと言わずにはっきり言ったらどうだ？」

一色は言葉のジャブのつもりだったはずだろうに、アリスは試合開始からKO狙いのストレートを放った。

「え？」

「それとも、噂という言葉を使い回していれば、間違いでも許されるとでも思っておるのか？」

「なっ、うっ……」

「噂に振り回される程度の無能を晒《さら》しておいて、それで許してもらってなんだというのだ。どうせ馬鹿なのだろう？　言葉と泥の違いも判らぬくせに無駄にこねくり回すな」

「琴夜君は、女の子に乱暴した！」

爆発するように、一色が叫んだ。

完全にアリスに引きずり出された反応なのだけれど、それにしても激しい。

女性としての嫌悪なのか、それだけなのか？　一色の憎悪の激しさが僕には理解できない。

「義理の妹に手を出したのよ！　本人に聞いたんだから！　噂じゃない！」

ヒステリックな甲高《かんだか》い声が僕に刺さる。

そんな話が出回っているのだと改めて鬱《うつ》な気分になるが、アリスの表情は変わらなかった。

冷めきった瞳で一色たちを見下ろしていた。

「この、愚か者どもが」

「なっ⁉」

「本人に聞いた？　本人に聞けば真実なのか？　現場を見たわけでもないのに？　股座《またぐら》の傷でも自分で確認したのか？　相手は妊娠《にんしん》したのか？　赤子はカナタに似ていたか？」

「そ、それは……」

「言えばそれで罪が確定するというのなら、我も同じことをさせてもらおうか？　いまから教師のところに行って、お前たちにひどい目に遭《あ》わされたとあれこれ言っても良いということか？　どうだ？」

「うっ……」

一色が言いよどむ。

そしてアリスの言葉はしっかりと教室中に、そして騒ぎに気付いて廊下《ろうか》から覗《のぞ》き見していた人たちにも伝わっていった。

「そういえばそうだよな」

「え？　境衣の言いがかり？」

「マジで？」

「都会である痴漢詐欺《ちかんさぎ》みたいなの？」

「それって最低じゃない」

「えー」

周りからそんな声が聞こえてくる。

もちろん、それ以外のよくわかっていない悪意が混ざっているのもわかる。だけどそれよりも大きな声がそれらを呑《の》み込み、大勢を決しようとしている。

一色が追い詰められている。

彼女についている二人が逃げたそうに、一歩、距離を取った。

「お前がやるべきことは噂に踊らされることではなく、もう一人の当事者に話を聞くことではなかったのか？」

もう一人の当事者。

もちろん、僕のこと……だよね？

一色が振り返って僕を見た。

怒りで真っ赤になっているのかと思ったけど、その反対だった。

いまにも泣きそうな青ざめた顔をしている。

陸上部の強気な彼女からは想像できないような顔だ。

そんな顔を見たのは、幼稚園以来ぐらいじゃなかろうか。

「彼方《かなた》」

「一色」

震える声で僕を呼ぶ一色をまっすぐに見返す。

アリスがせっかく作ってくれた釈明の場所を、台無しにするわけにはいかない。

「僕はなにもしていないよ」

「っ！」

迷いなくそう言った瞬間、一色はさらに顔を引きつらせ、教室を飛び出していった。

それに合わせて友人二人もばたばたと教室を出る。

「さて、邪魔者もおらんなったし、帰るか！」

「そうだね」

明るく言うアリスに頷《うなず》く。

「じゃあ、また明日」

「お、え……うん」

ぽかんとしている掛井君たちに声をかけ、僕たちは教室を出た。

「ありがとうね」

「夫を守るのは当然だろう？」

廊下に出たところで礼を言うと、アリスはそんな風に返す。

「男前だなぁ」

「それは褒《ほ》めているのか？」

「当然、僕よりぜんぜんかっこいいよ」

「ふむふむ。それなら、夕食は甘いものを希望する」

「夕食なのに？」

それはどうなんだろうと思っていると……。

「きゃあああああ！」

いきなりの悲鳴が階段の踊り場に響いた。

†

悲鳴の発生源は進行方向にあったので、自然とそこに辿《たど》り着く。

授業終わりの渋滞中の階段で、そこだけ空白地帯ができていた。

その中心にいたのは一色の友達二人。

一色を追いかけていたはずの二人がどうして踊り場で震えているのだろう？

そう考えたとき、目が痛くなった。

「うっ」

ゴミでも入り込んだみたいな痛みに顔を押さえて、それから恐々《こわごわ》と目を開けると、それが見えた。

「なに、あれ？」

踊り場の壁に黒い穴が空《あ》いている。

「見えているか？　カナタ」

「あの、穴？」

「うむ」

「……見えてる」

ただの気のせいにしたかったけど、アリスにそう言われたら肯定せざるを得ない。

これはアリスがくれた魔眼の影響？

「一色が壁に食べられたの！」

いまだ震えている女子二人がそう叫んだ。

「一色が？」

僕は思わず口に出て前に行こうとしたけれど、野次馬が多くて無理だった。

「行きたいか？」

アリスが言った。

「あの娘を助けたいか？」

「それは……」

「あれはお前を追い詰めようとしていた女だぞ？　それなのに、助けたいのか？」

「うん」

僕は頷いた。

たしかに一色がいきなりあんな行動に出たのは驚きだけれど、でも……。

「一色は、幼馴染《おさななじみ》なんだ。なんであんなことをしたのか、理由が知りたい」

「……お前は勇者の素質があるな」

「え？」

「なんでもない。なら、行くか！」

そう言うとアリスが僕の手を摑《つか》み、そして跳んだ。

階段の上から、下の踊り場に向かって。

引っ張られただけとは思えない跳躍。いや、それはいいんだけど。アリスだから。

それより、このままだと……。

「わっ、これっ！　ちょっと！」

壁に……いや、穴にぶつかる軌道⁉

そう思った瞬間、僕は目をつぶってしまった。

「あれ……？」

来たるべき衝撃に身構えていたのだけど、なにもない。

ていうか、足が地に着いてる？

「え？」

目を開けた。

なぜかここは、夜だった。

「うわぁ、星がきれいだ」

やや現実逃避気味に空を見上げて呟《つぶや》く。

どうして学校にいたのに、夜空を見上げることができるんだい？

「いや、どうなってるの？」

「ほう、不思議だな」

隣のアリスがそんなことを言っている。

「え？　なにか目途《めど》が付いてたんじゃないの？」

「カナタよ……」

呆《あき》れた目で見られた。

「だから、我にこの世界のことがわかるわけがなかろう」

「おおう……」

「とはいえ、ここは現実の世界というわけではなかろうな」

「あ、そうなの？」

「魔法で作った疑似《ぎじ》空間に似た雰囲気《ふんいき》があるな」

疑似空間？

そんなものがどうしてあんな場所に？

そしてどうして一色を？

「それにしても、この場所って……」

狭くて曲がりくねった坂道。

密集した古い住宅。

「なんだか覚えがあるような？」

アリスと一緒に坂道を登っていく。

「あっ」

思い出した。

「ここ、幼稚園だ」

この坂道を上がると、僕が通っていた幼稚園がある。

一色も通っていた。

「でも、どうしてこんなところに？」

タタタ……。

「え？」

いま、たくさんの足音が僕の周りを過ぎていった。

でも、姿はない。


アハハハ……。


笑い声も聞こえた。

「え？　怖いんですけど」

「ふむ」

「アリス、なにかわかる？」

「そうだな。……怖いぞ」

「ええ！」

冗談かと思ったら本当にアリスの顔色が悪い。

え？　ちょっと！　震えてない!?

「ファンタジー世界ならアンデッドやゴーストが当たり前にいてこういうのは大丈夫！　とかが定番じゃないの!?」

「そんな定番は知らん！　怖いものは怖いぞ！」

「嘘ぅ！」

「いや、本気だからな。カナタ、手を離すなよ。絶対だぞ」

「なんだよもう」

アリスに呆れながら、手を繋《つな》いで幼稚園に向かっていく。

夜なんだから真っ暗で無人……と思っていたのだけど、よく見たら教室に明かりが点いている。

「なんでだろ？」

笑い声はいまも聞こえている。

疑問に思いながらさらに近づく。

「あっ！」

そうっと中を覗《のぞ》いて、そこに並ぶ布団を見て、僕はあることを思い出した。

「お泊まり会だ」

幼稚園の年長クラスで夏にあったイベントだ。

子供たちの姿は見えないけど、あの幼稚園の布団には覚えがある。

「でも、どうしてお泊まり会？」

「なるほどな」

「アリス？」

「ここは何者かの記憶を再現した空間なのかもしれないな」

「記憶の再現。一色の？」

「誰かまではわからんよ。だが……」

「だが？」

「これだけ精巧に作られているということは、それだけ記憶の持ち主の思い入れが強いということだろう」

思い入れが強い？

この場所を作ったのが一色だったとして、彼女にとって忘れたくないほど強い思い出があったってことになる？

幼稚園のお泊まり会に？

……わからない。

そこのところの疑問を呟きたかったのだけど……。

「しかしそもそもこの世界の魔力の浸透率はそれほどよくはないのに、どうしてこれだけのことができるのか？　魔力以外の要素が存在するのか？　しかし魔力はあらゆる世界の根源物質であるはずだ。それはこの世界に突き抜けてくるときに感じたので確かだ」

「あの……アリス？」

「我が生きて活動できているということが世界間で同じ法則が適用されている証拠でもある。だが待て、ということは……」

アリスの独り言？　考え事？　が止まらない。

これはもしかして……怖すぎて現実逃避しているということだろうか？

いまも手は離してくれないし。

めっちゃしっかり握られてるし。

暗い峠道《とうげみち》を歩いていても動じていなかったのに？

思わぬ弱点を見つけてしまったかも？

ほっこりとアリスを見下ろしていると、無人の教室から新しい音がした。

引き戸の開く音。無数の子供の高い声。やっぱり姿はなく、音だけが物語を進行させていく。

バタバタとした足音が向かっていく先は……？

「あ、そうか」

お泊まり会なのだとしたら、もしかしてこの後は……。

「お風呂だ」

この幼稚園を運営しているのが隣にあるお寺の人で、お泊まり会の時はそちらでお風呂を使わせてもらうのだ。

「懐かしい」

お寺に行く途中に墓場があり、そこを抜けていくのが怖かった記憶がある。ちょっとした肝《きも》試《だめ》しだ。

記憶と子供たちの声に従って、僕もそちらに行く。

あの時は誰と一緒に行ったのだったか？

「私とだよ」

「！」

いきなりの声に驚いてそちらを見る。

「ううっ！」

墓場にある墓の一つ、そこを足場にして一色がいた。

だけど、一色に驚いたんじゃない。

彼女の後ろに誰かがいる。

いや、なにかか？

暗闇に潜んでいてよくわからない。

「怖がる私の手を引いて、一緒に行ってくれたんだよ」

「一色？」

暗い中、一色は奇妙な姿勢で墓石の上に立っている。

「暗くて、怖くて、なにかがいて……そんな中を連れて歩いてくれる彼方はほんとに頼もしくて、それはこれからもずっとそうで……私は彼方が好きになった」

奇妙な姿勢のまま、うつむいたまま、一色が話し続ける。

「一色？」

「彼方はこれからもずっと私と一緒にいてくれると思った。だから、彼方のために強くなろうと思った。彼方のためなら、きっと強くなれるから？」

「一色？　なにを言って……」

「彼方がいてくれると私は強くなれる。彼方がいてくれると私は前に進める。彼方がいてくれると私はまともでいられる。彼方がいてくれるから……」

ぶつぶつと、そんなことを呟《つぶや》く一色に僕はゾッとした。

「アリス、これって……」

「…………」

「アリス？」

「…………」

妙に静かな隣を見てみると、アリスは立ったまま気絶をしていた。

「なんで⁉」

いや、怖いって言ってたけど気絶するレベル⁉

魔王⁉

魔王ナンデ⁉

「彼方は私と結ばれる。彼方は私と結ばれる。彼方はワタシと結ばれる。カナタは私とムスバレル……」

一色のぶつぶつとした呟きは止まらない。

もう、幼稚園の時の思い出を再生していたような音は聞こえない。

ただ、一色の地面を撫《な》でるような呟きがずっと続く。

俯《うつむ》いたまま。

後ろの影が闇の中で濃くなっていくような気がする。

いや、気のせいじゃない。

夜と一度同化し、そして夜よりも濃くなり、ある瞬間に、それが夜に潜むナニカの姿になった。

「うっ……」

それは黒と灰色の斑《まだら》な皮膚《ひふ》をした人だった。

だけど、普通の人より二倍は大きい。

墓場はその人影よりも広いのに、一色の後ろにいるそれはひどく窮《きゅう》屈《くつ》そうにしている。まるで狭い箱に無理矢理入っているような姿勢をしている。

一色の後頭部に口づけをしそうなほどに近づいた顔が、瞼《まぶた》のない目で僕を見ている。

「彼方はワタシの物なの」

そう言ったのだ。

さっきから呟いていたのは、一色ではない。

彼女の後ろにいたそのナニカだったのだ。

「なんだ……お前は？」

「それなのに。それなのにソレナノニそれなのに！」

僕の質問は叫びによって跳ね返された。

「ソレナノニ、お前はワタシの想いをあんな女でぶち壊した！」

あんな女？

「あんな女！　ぽっと出のガキに誑《たぶら》かされて！　欲情して！」

もしかして義妹のことだろうか？

「したかったら私にすればよかったのに！　ワタシならいつでもよかったのに！　いつだってワタシは彼方を待っていたのに！　お前はワタシを裏切った！」

理解した。

納得というか共感というかができたとは言えないけど、一色がどうして言いふらして僕を追い詰めるような真似《まね》をしたのかは理解できた。

「オマエは壊れた！　お前はカナタじゃない！　私のモノじゃない彼方なんて……いなくな

れ！」

だから僕を消したくて、あんなことをしていたのか。

後ろのナニカが窮屈な姿勢を止めて、立ち上がる。

全身がやっぱり黒と灰色の皮膚で、それは腐りかけているのか、あちこちに穴が空《あ》いて骨が見えた。

瞼もなく、頭髪もない。

黒く淀《よど》んだその顔が一色に見えてしまう。

「ちがう」

か細く、そういう声が聞こえた。

「ちがうちがうちがう。こんなの私じゃない。こんなの私じゃない」

一色だ。

ナニカが立ち上がると同時にその場に倒れた一色が呟いている。

「私はワタシ。ワタシは私」

そう言ってナニカは笑う。

否定する一色を嘲笑《あざわら》うかのように。

そんなことは無駄だと言わんばかりに。

「ワタシの物じゃない彼方は、消えていなくなれ！」

ナニカが僕に向かってくる。

灰と黒の斑な大きな人型のナニカ。

ゾンビみたいなそれが墓石を蹴散《けち》らしながら僕に迫ってくる。

これは、死ぬなぁ。

隣で気を失っているアリスを慌てて抱えようとしている僕は、どこか冷静な部分でそんなことを考えていた。

アリスを抱えて逃げる？

むりむり。

間に合うわけがない。

僕はそんなマッチョマンじゃない。

でも、だからってアリスを見捨てて逃げるという選択肢《せんたくし》もない。

僕を恨んでいるんだから、僕だけで済まないかな。

アリスは巻き込まれただけだし、僕が死んだら用なしってことで元の場所に戻してほしい。

僕がいなくなったらまた力が使えなくなって苦労するかもしれないけど、しばらくは僕の部屋を使えるだろう。

その間に、また、封印を解いてくれる誰かを探してくれれば……。

「…………」

思考が止まってアリスをぎゅっと抱きしめる。

ナニカが近づく音はもうすぐ近くまで来ていた。

だけどその前に、ナニカが蹴散らした墓石が僕の方に飛んできた。

ああ、いけない。

アリスを離さないともろともだ。

そう考えているのだけど、不思議と腕の力が緩《ゆる》まない。

緊張しているからなのか、思考に体がついてきてくれないからなのか。


ガンッ！


目の前に迫っていた墓石が僕たちに当たる前に、大きな音をさせて他の場所に飛んでいった。

「え？」

「くふふふ……」

「アリス？」

そうか。アリスが助けてくれたのか。

「我を手放したらどうしようかと思ったが、さすがは我の夫だ」

「置いて逃げたりなんてしないよ。でも、僕じゃ、君を守れないけど」

だって、アリスは魔王。

僕はただの一般人。

守るなんて、とてもとても。

いまもすぐそばまで来たナニカを透明な壁で受けているのは、アリスの力だ。

これが噂《うわさ》の結界というものだろうか？

「そんなことはない。カナタは我を守ってくれている」

「え？」

「いまもこうして、ぎゅっとしてくれているではないか」

「そんなの……」

「大事なことだぞ。これがなければ、我はあんな怖いモノ、見るのだってできやしない」

「……本当に怖がりなんだね」

もしもアリスをお化け屋敷に連れていったらどうなるんだろう？

ちょっと、連れていってみたくなった。

呑気《のんき》だね、こんな時に。

「ああ、怖いとも。だが、カナタがこうしてくれていれば、我は無敵だ」

すっと、ナニカに向けて手を伸ばす。

「消えよ」

その瞬間、僕の目が疼《うず》いた。

おそらく、アリスがくれた魔眼がなければ見られない光景だったんだと思う。

ナニカを中心に紫色の光が激しく渦《うず》を巻いた。

その渦の前にはナニカは逆らうこともできずに回転に呑《の》み込まれ、ズタズタに引き裂かれた。

本当ならスプラッターな光景なんだろうけれど、そこに内臓を撒《ま》き散らすという、生物が損壊していくようなグロさはなく、水を撒き散らしたかのように分解し、そして蒸発するように消えていった。

ただ、唖然《あぜん》とした。

「まったく。この世界の魔力のありようは不可思議だな」

そんなことを呟《つぶや》くアリスが僕の腕から離れて墓場へ向かおうとする。

でも、僕の手は握ったままなので、自然と引っ張られて隣を歩くことになる。

俯《うつむ》いたままの一色がそこにいる。

「あれはなんだ?」

「私じゃない私じゃない私じゃない……」

アリスの問いに答えず、一色は同じことをずっと呟いている。

「ふうむ」

一色を見下ろしたままのアリスが唸《うな》る。

「カナタ」

「なに？」

「お前がなんとかしろ」

「え？」

「どうも、この空間はこれが暴走的に起こしているようだ」

「そうなの？」

『これ』扱いされた一色がちょっとかわいそう。

それに彼女にそんな力があるの？

本当に？

「うむ。だから、カナタがこれを説得するしかない」

「ええ」

それが一番怖い気がするんだけど。

「ほら、がんばれ」

アリスが背中に回り僕を押してくる。

「ええと、一色？」

しゃがみ込んで声をかける。

「私じゃない……」

まだ繰り返している。

「……怒ってないっていうと嘘だけどね。うん、怒ってるね」

なにかいい言葉を探そうとしたけど無理だったので、まずは素直な気持ちを言ってみることにした。

「でも、すごく怒ってるってわけでもないね」

大本の原因を作った義妹やたぶん裏で糸を引いているだろう義母。そして僕をまったく信じない父には怒っている。

間違いなく怒っている。

連中が……そんなことをするとはとても思えないけど、和解をしようなんて言ってこようものなら、僕はとんでもなく取り乱し、そしてとんでもなく怒ることだろう。

特に父には。

でも、一色に関しては決定的じゃない。

「いまなら、ごめんなさいで済ませられるけど、どうする?」

「………………」

一色の呟きが止まった。

俯いていた顔を上げる。

目を見開いているのに焦点の合ってない目が僕を見ている。

ちょっと……いや、けっこう怖い。

仲良かった知り合いがこんな顔をしているなんてのは非現実感が半端《はんぱ》ない。

ここ最近は熱い掌返《てのひらがえ》しをそこら中で食らっていたけどね！

「……許して、くれるの？」

「うん、まぁ……元通りになるかどうかは一色次第だと思うけどね」

「なにをすれば？」

「とりあえず、自分がやったことの責任は取って。言った人たちに、あれは間違いだったたってちゃんと言ってほしい」

一度広がった噂を止めるのは簡単なことじゃないと思う。

けっこう無茶なことだなぁとも思う。

ていうか、無理なんじゃないかな？

だってきりがないよね。一度広まった噂を止めるなんてきっと無理だ。

むしろなにもしない方が立ち消えしてしまうんじゃないかとも思う。

人の噂も七十五日っていうしね。

でも、このままだと、その噂を聞いてしまった人たちの僕に対する評価は変わらないけど、一色に訂正《ていせい》してもらっていたら、少しはマシになるかもしれない。

正直、知らない人からの僕への評価なんてどうでもいいんだけど……僕の『許してもいいかな』という気持ちを一色が求めるのならば……。

自分の広めてしまった噂に立ち向かってほしいと思う。

一色が作ってしまった苦境に、彼女自身で立ち向かってほしい。

「……わかった」

一色の声が聞こえるまでに少し時間がかかった。

その間になにを考えていたのかわからないけど、目の焦点が少しだけ戻ってきているように見える。

「帰ろう」

僕はアリスと繋《つな》いでいない方の手を伸ばす。

「……うん」

その手をじっと見て、それから一色は大粒の涙をぽろぽろ零《こぼ》しながら、自分の手をそこに重ねた。

ちょっとだけ昔に戻ったような気がした。

†

気が付くと、僕たちは例の階段の踊り場にいた。

一色がいて、一色の友達がいて、僕がいてアリスがいる。

野次馬はいない。

立ち止まっている僕たちをちょっと邪魔そうに見ながら階段を通り過ぎていく。

周りに動揺《どうよう》はない。

どういうことかなと思っているとアリスと目が合った。

彼女が魔法でなにかをしたのか。

なかったことにしてくれた？

なら、そういうことで。

困惑する友達のことは一色に任せて、僕たちは帰ろうとした。

そこで一色と手を繋いでいることに気が付いた。

あそこを出る時に手を繋いで、それでそのままだったみたいだ。

繋いだ手越しに一色と目が合った。

「じゃあ、また明日」

「…………」

「一色？」

「…………」

手を離してくれない。

困ったと思っていると、アリスがペイと手を叩いて引き離した。

「我の夫だぞ」

「…………」

一色がじろりとアリスを睨《にら》み、アリスは僕の腕を摑《つか》んでふふーんとドヤる。

「じゃ、じゃあね」

女の戦いが怖いのでそそくさと帰ることにする。

†

今日はバイトがないので一度家に帰って着替えたら、夕飯の食材を買いに出る。

冷蔵庫が備え付けの物しかない。

ホテルにありそうな小さいのなので、飲み物を冷やしておくので精一杯だ。

買いだめができるような冷蔵庫が欲しい。

うーん、お金をなんとかしないと。

同居人もできたしね。

「どうした？」

部屋に帰るなり、昨日のゴス服に早着替えしたアリスと目が合う。

「お金を稼《かせ》がないとなって」

「ああ。我が増えたからな」

「それだけじゃないけどね」

貯金はある。

正確には母の遺産？　保険金が口座に入っている。

それに、一応は父親から家賃と生活費が送られてきている。

だけどできれば使いたくないし、それらに頼るのは自立とは言えないと思う。

いまは仕送りに頼っている状況だけれど、一刻も早くそれを突っ返せるようになることが目標だ。

やっぱりバイトを増やすべきかな。

「ふむ、そういうことか」

近所の食料品店に向かいながら説明すると、アリスが薄い胸を叩いた。

「我に任せておけ、寝て暮らせるようにしてやる」

「ははは、楽しみだ」

「むう、信じておらんな」

「そんなことはないけど？」

「いや、信じておらん」

アリスはむっとした顔できょろきょろと辺りを見回し、そして「あった」と呟《つぶや》いた。

「どうしたの？」

「ちょっと待っておれ」

「え？　じゃあ、あそこで買い物してるからね」

「うむ」

食料品店を目の前にしてそんなことを言うと、アリスはふわっと消えてしまった。

信じていないなんてことはない。

本当に信じている。

ただ、きっと驚くようなことをするのだろうなっていう信じ方だけどね。

とりあえず、今晩のメニューだ。

すでに切ってある野菜の袋詰めを手に取り、安そうなお肉を探す。牛スジが安そう。牛が安いならカレーかビーフシチューかな。今日はシチューの気分だ、そうしよう。ああ、じゃあタマネギが入ってないな。どうしようかな、なしでもいいかな。

いや、タマネギなしは許されないか。

お米はあるけどビーフシチューならパンかなぁ？　明日の朝食べるパンも見とこうと思いながら移動していると、急に持っているかごが重くなった。

「アリス？」

「ご褒美《ほうび》だ」

振り返ると、チョコや菓子パンをどっさりとかごに放り込んだアリスがいる。

「ご褒美？」

「そう。これだ」

と言って反対の手で持っているバッグを示す。

怪しさ満点のボストンバッグ。合成皮革《ひかく》かな？　あちこちの表面が剝《は》がれている。

放置されてかなり時間が経ってそう。

「……どうしたの？　それ？」

「拾ったのだ」

「拾った？」

「うむ、ほれ」

と、中を開いて見せようとする。

周りを気にしつつ、それを覗《のぞ》いて僕は吹き出した。

「きっ！」

咄嗟《とっさ》に言葉を呑《の》み込む。

金塊《きんかい》？

「……どうしたのこれ？」

「だから拾った」

「どこで？」

「地名を知るわけなかろう。だが、人気《ひとけ》のない山の中であることは確かだ」

「そう」

「どうだ？　こちらの世界でも金は貴重品だろう？　これだけあればしばらくは遊んで暮らせると思うが？」

「そうだね」

ちゃんとそれが僕たちの物になればね。

とりあえず、拾得物の扱いについて教えねばと思いつつ、僕はお菓子を戻すためにお菓子売り場に戻った。

ぶうぶう言うアリスにお金になったら買ってあげると約束し、今日のところは一つだけ選ばせた。

買い物帰りに交番によって落とし物です、と届ける。

もちろん騒ぎになった。

警察官の人は顔を青くして慌てふためくし、本署からの応援がやってくるし、アリスはせっかく拾ったものをと機嫌が悪いし、事情聴取みたいなことをされるし、拾った場所なんてわからないので植え込みに埋もれてたということにしておく。

最終的にはアリスがなにかの魔法を使って静かにさせて、僕はアリスが拾ってきたのだから権利の放棄はせずに帰ってきた。

「これで三か月後には僕たちの物になる。落とし主が現れなかったらね」

「納得いかぬ」

ぷりぷりするアリスを宥《なだ》めながら、僕は晩ご飯を作り始めた。


交番でのバタバタのおかげで晩ご飯が遅くなってしまった。

「我は甘い物だけで生きていけるぞ」

「体に悪いからダメ」

パンは好きなのを選ばせてあげたんだから文句を言わない。

ぐつぐつ煮込んでいる間にＸｗｉｔｃｈで対戦ゲームをいくつかプレイして時間を潰す。

「ほうほう、これはいいな」

アリスはＸｗｉｔｃｈを妙に気に入って、ひたすら感心していた。

そうこうしている間にビーフシチューができたのでご飯にする。

「どう？」

「カナタが作ったのだから美味《おい》しいに決まっている」

「そりゃよかった」

ただのお世辞《せじ》よりはマシそうだと顔色を見て判断する。

ミニスナックゴールドの方が美味しいと感じてそうなことも見逃さない。

「そうだ、よいことを思いついたのだ」

ミニスナックゴールドの白いので顔をべたべたにしながらアリスが言った。ミニスナックゴールドのわんぱく食いはやめなさい。

「よいこと？」

「うむ。カナタが我を守れるようにな」

「僕が？」

アリスを守る？

すごく非現実的なことを言われた気がする。

「どうもこの世界の魔力はああいう形で顕現《けんげん》することが多いようだからな」

「ああいう形って？」

「怖い奴のことだ」

「ああ……」

つまり、ホラー、オカルトってこと？

「あれはだめだ。我には怖すぎる」

思い出したのか、アリスがぶるりと震えた。

「そういえば、ファミレスのは大丈夫だったよね？」

あのおっさん福太郎《ふくたろう》のことだ。

「あれはただそこにおっただけだ。見た目だけのことではないぞ」

わかるような、わからないような？

おっさん福太郎も、ファーストインパクトは怖かったけどね。

「とにかく、我がだめなことなのだからカナタが大丈夫にならなければならない。強くなるぞ、カナタ」

「強くなるって、どうやって？」

「だから、よいことを思いついたと言っただろう」

「うん」

「まぁ、我に任せておけ」

そう言うと、アリスは食事に集中した。

あいかわらず遅い。

僕が先に食べ終わると、「後は寝るだけにしておけ」というので風呂の支度《したく》をする。

でもまだ入らない。

アリスの食事が終わらないと、皿が洗えないからね。

とりあえずコーヒーでも飲みながらアリスの食事が終わるのを待ち、顔がべたべたの彼女を先に風呂に行かせて、僕は皿洗いをする。

残ったシチューは明日の朝、レンジで温めればいいようにだけしておく。朝食のパンは薄皮クリームパン。手軽に美味しいよね。

風呂から出てきたアリスに代わって入浴し、出てくると彼女は真っ裸でベッドに転がっていた。

「なにか着なさい！」

「寝る時は裸派なのだ」

「そういう問題じゃないから！」

「そういう問題だ。寝ている時までなにかの魔法を維持しておくのはしんどいのだぞ」

アリスの服は全て彼女の魔法でできている。

しかたないので僕のパジャマを着せる。

下はウェストが合わないのでシャツだけ。

……逆にエロくなった気がする。

いや、真っ裸よりはマシなはずだ。

「別に抱いてもいいんだぞ？」

「そういうこと言うのは止めようね」

僕の理性が壊れるから。

「それで、これからどうするの？」

なにかするみたいなこと言っていたよね？

「うむ、寝るぞ」

「寝るの？」

思いついたのはどうしたのかと？

「なに、目覚めた時のお楽しみだ」

そう言ってにやりと笑う。

なんなんだろうと思いつつ、一緒にベッドに入る。

ピタリと引っ付くアリスの感触に困り果て、これはすぐに眠れないなぁと思っていたのだけど……いつのまにか眠っていたみたいだ。

†

そして気が付くと、僕は知らない森の中にいた。

「うむ、成功だな」

「アリス？」

声がしてそちらを見ると、そこにいたのはアリスではなく……ピンクのスライムだった。

スライム。

スライムといっても色々な形態があったり、その怖さ強さも作品によっていろいろだけれど、僕の目の前にいるピンクのスライムの形はドラゴンな某《ぼう》有名ＲＰＧのそれが一番近そうだった。

「……夢？」

「夢ではないぞ」

そう言ったアリス声のピンクスライムの前に鏡が現れる。

それに映っているのは青色のスライム。

「え？　僕？」

「そうだ」

「え？　どういうこと？」

「ようこそ異世界へ、ということだ」

「え？」

「うん」

「え？」

ちょっと……状況を理解するのに時間がかかった。

その間に、アリスが説明してくれた。

「つまり簡単に言うと……僕とアリスの魂だけが異世界に来たってこと？」

「正確には魂の一部だな」

「で、通りすがりのこのスライムの体を借りていると？」

「うむ。スライムは自我がないからな。乗っ取りはとても簡単だ」

「なんでこんなことをしたの？」

「だから、カナタを強くするためだな。あちらでもできないことはなかったかもしれないが、あちらで探すよりこっちに来た方が我にとっては簡単だったということだ」

「え？　簡単に元の世界に戻れるの？」

「我を移動させたことで世界間の壁に穴ができているからな。そこを通るのは簡単だ」

「え？　だったら……」

「我一人でこちらの世界に戻る気はないな」

僕が言いかけた言葉を、アリスは先んじて止めた。

あまり、こちらの世界にいい思い出はなさそうだ。

「監視している者もいるかもしれん。我とて油断はできんからな」

「それなら、ここにいるのも危ないんじゃない？」

「この程度の干渉であれば連中にばれることもなかろう」

「ならいいけど……」

連中っていうのが誰なのか気になった。

勇者？　もしかして勇者？

「そういうわけで！　しばらく寝ている間はこのスライムで生活するとしよう」

「どうしてスライムなの？」

「スライムは掃除人《そうじにん》と呼ばれるほどなんでも食べる。なんでも食べて、その物質を魔力にまで還元《かんげん》するのだ」

「へぇ」

「その魔力は本来、世界に戻っていくのだが、それを我らがもらう」

「そんなことしていいの？」

「かまわんよ。魔力は溢《あふ》れているからな」

「ふうん」

そういうことだったら遠慮《えんりょ》なく。

ぴょこたんぴょこたんと移動して枯れ枝の上で留まってみる。

すると、見る間にそれがスライムの体内に入り込んでじわじわと溶けていく。

そして消えた。

「これで魔力を手に入れたわけ？」

「そうだ。枯れ枝ではたいした魔力は手に入れられていないがな」

まぁ塵《ちり》も積もれば山となるってね。

ぴょこたんと移動しながら色んなものを取り込んでいく。

枯れ枝とか、枯れ葉とか、骨とか。

地味。

とても地味。

だけど嫌いじゃない。

こういうゲーム、嫌いじゃない！

「地面とか木とか草とかは食べられないんだね」

「スライムが取り込めるのは、生命活動が終わって腐敗を待つ物だと思っていればいい。地面はある意味で物質の始点であり終着点だからな」

「ふうん」

つまり、スライムはスカベンジャーってことか。

しかも肉に拘《こだわ》らない。

「うわっ！」

森を移動していると、いきなり茂みをかき分けて緑色の肌が現れた。

もしやこれは……。

「ゴブリン？」

「そうだ」

口から牙を零《こぼ》した緑肌のゴブリンが三体いる。

ゴブリンは僕たちをじろりと睨《にら》むと、そのままどこかに向かっていった。

「ああ、びっくりした」

「心配せんでも、スライムを襲うものはおらんよ」

「どうして？」

「そう簡単に死なんし、口にでも入られたら大変なことになる」

「大変なこと？」

中から溶かすとか？

「胃の中に入ってきた食べ物を全部スライムが食べてしまうのだ」

「……ああ」

うわっ、それは嫌だな。

「食べてるはずなのに餓死《がし》しちゃう的な？」

「的な死に方をする」

こわっ。

スライムこわっ。

「それよりも、奴らについていけば集落があるはずだ。行ってみるとしよう」

「わかった」

そんなわけでぴょこたんぴょこたんとついていくことにした。

ゴブリンを追いかけてぴょこたんぴょこたんと進む。

「これって、ちゃんと集落に向かってるのかな？」

隣のピンクスライムなアリスに尋ねる。

「森の奥に向かっているから大丈夫だろう」

「そういえば、こうやって話してても大丈夫なの？」

「他の者には聞こえていないから大丈夫だ」

「それならいいけど」

「あっ、この森って名前とかあるの？」

「名前か……ここの名前はな」

アリスがなにか言った。

けどそれは前から聞こえてきた音でかき消された。

藪《やぶ》を切り裂く鋭い音。

ギャウ！　というゴブリンの悲鳴。

「……え？」

ゴブリンが白いなにかに地面に押さえつけられていた。

なにか……白い毛の柱……じゃなくて、脚？

脚にそれぞれゴブリンが一体ずつ。

たしか、ゴブリンは三体いたはず。

そう考えていると上からゴリゴリという音が。

見上げると、そこには大きな犬がいた。

犬の口にはゴブリンが挟まっていて、嚙《か》み砕《くだ》かれている。血がぼたぼたと地面に落ちてくる。

靴下《くつした》を履《は》いたみたいに足先だけが白くて、残りは灰色の犬？　狼？

小さなスライム視点だからかもしれないけど、とにかく大きい。

「ひえ」

「おう、グレートウルフだな。このサイズは珍しいかもしれん」

アリスが呑気《のんき》に呟《つぶや》く。

「心配せんでも、こいつもスライムは食わんよ」

「いや、こういうのは大丈夫なの？」

「どういう意味だ？」

「怖くないの？」

「？　当たり前だろう」

「当たり前じゃないよなぁ」

これで、どうしてオカルトはだめなのか。

アリスとやりとりしている間に、グレートウルフは前脚で押さえていた残りのゴブリンも食べてしまった。

ゴリゴリゴリゴリゴクンぐらいの感じで。全身の骨を砕いてから飲み込むみたいな流れだった。

そして、そのすぐ後だ。

いきなり強風が吹いた。

森の木々がざあっと一斉に鳴いたかと思うと影が辺りを暗くして、そしてグレートウルフの巨体がなくなった。

いや、その一瞬をなんとか見ることができた。

グレートウルフは大きな黒い影に摑《つか》まれて空に消えていった。

「ほう、ロックイーグルだな」

「……ねえ、ここってなに？」

「名前を教えている途中だったな。ここは懐古《かいこ》の森。大魔力飽和地《だいまりょくほうわち》だ」

「……そう」

大魔力飽和地。

「なんか、すごそうだね」

「うむ！　我の成果の一つだな！」

「そう」

「魔力が溢れかえっているから魔物もたくさんいるし、その死骸《しがい》も多い。スライムで魔力を溜めるにはちょうど良い場所だ」

「……刺激的そうだ」

ちょっと遠くを見るような気持ちでそう答えた。

「ほれ、奥へ行くぞ」

「どうして奥？」

「中心に近ければ近いほど魔力が濃いのだ。つまり、そこに居座っている魔物はとても強いし、そこに落ちている死骸の魔力も濃い」

「死骸……」

ここに来て、それに気付いた。

「ええと、死骸を食べるの？」

「食べるといっても味覚も触覚もないから心配するな。さっき、なにか感じたか？」

「そういえば……」

「強い魔物の糞《ふん》とかでもいいんだが……そうするか？」

「うん、死骸にしよう！」

意気揚々《いきようよう》と森の奥へと向かっていく。

それから、いくつかの魔物の死骸や骨を見つけて、取り込んで魔力を吸収する。

死骸も最初は怖かったけど、すぐに慣れた。

もっとグロイことになっているかと思ったけど、放置されている死骸のほとんどは他の魔物に食べつくされた後で、残っているのは骨と皮みたいなものばかりだった。

森はかなり広いらしく、まったく進んでいる感じがしない。

目印にした巨木にもぜんぜん辿《たど》り着かない。

「今日はそろそろ帰るか」

アリスがそう言ったときにそれを見つけた。

目印にしていた巨木とは別の場所にある木。

蔓《つる》が寄り集まったようなその木の根元で、それは座り込んでいた。

「なにあれ？」

黒い鎧《よろい》？

隙間《すきま》もないような全身鎧。

ロボットのようにさえ見えた。

「ほう、まだ残っているのか」

懐かしそうにアリスが言う。

「これは我の兵士だ、魔導兵士。ゴーレムだな」

「へぇ！」

これがゴーレムか。

魔法的なロボットだよね。

なんだかわくわくする。

黒い鎧のゴーレムは下半身のほとんどを苔《こけ》に呑《の》まれ、傷ついた部分を中心に錆《さび》が広がっているようだった。

寄り添うように大きな剣もある。こちらは半ばから折れていた。

「カナタ、これも取り込んでくれるか？」

「え？　できるの？」

「できる。金属だっていずれは腐って消えるものだろう？」

「まぁ……そうだね」

なにか寂しそうな雰囲気《ふんいき》に押されるように、僕は黒い鎧の頭の上に乗っかった。

大きな金属鎧と大剣を取り込むのには時間がかかったけど、全てきれいに魔力に変わった。

「ありがとう」

最後にアリスにお礼を言われたのが、なんだかむず痒《がゆ》かった。

†

目が覚めると、ちゃんと僕のアパートだった。

「寝不足になるかと思った」

寝ている間にスライムになっていたのだから寝た気にならないかと思ったけど、そんなことはなかった。

むしろいつもよりすっきりしている気さえする。

とりあえず口だけ漱《すす》いで、朝の支度《したく》を始める。

昨日のビーフシチューをレンジに入れて、座卓に薄皮クリームパンを置く。

それから二人分のコーヒーを淹《い》れる。

アリスの分にはスティックシュガーとクリームのポーションも用意する。

僕はブラック。苦すぎる時だけクリームを入れたりする。

「アリス、朝だよ」

「ん〜」

彼女はぐずぐずとベッドから出てこない。

何度か声をかけて起きないので、先に食べ始める。

食べ終わってもアリスは起きなかった。

昨日はちゃんと起きたよね？

ならこれは、あの異世界体験が原因なのかもしれない。

「先に学校に行くよ？」

「ん～」

「朝ごはん食べなよ」

「ん～」

「シチューもちゃんと温めて。レンジ使える？」

「ん～」

ぜんぜん大丈夫じゃなさそうだけど、こっちも時間がない。

本格的に顔を洗ったりと支度をしてから、学校に向かった。


「おっ、おはよう」

「おはよう」

前の席の掛井君に声をかけられ、そのままなんとなく話す。

彼は受験中に封印していた『モンハン』にはまっているらしく、狩り仲間を探しているみたいだった。

残念、僕は『モンハン』を持っていない。

やろうぜと誘われて、バイト代が入ったら考えるよと答えておく。

それよりも秋に発売するゲームのために貯金をしたいという気持ちもあるとも言っておく。

掛井君と話していたら何人かのクラスメートに話しかけられた。女子にはまだ敬遠されているような感じだ。

そんな中で一色がやってきた。

教室の温度が、数度下がったように思えたのは気のせいだろうか？

でもざわめきの音量は確実に下がった。

一色は教室の入り口で一度足を止め、集まった視線を受け止めてから僕のところにやってきた。

教室のざわめきがまた一つ音量を下げた。

「…………」

一色が僕の前に立つ。掛井君の喉《のど》が鳴った気がした。

「彼方……琴夜君。昨日は変なことを言って、それから最近、琴夜君への変な噂《うわさ》をばらまいてすいませんでした」

一色はそう言って、僕に向かって頭を下げた。

これでもかっていうぐらい。

九十度を越える角度で。

「あっ、はい。わかりました」

教室のざわめきが少し戻る。僕がそう答えても、一色はすぐには頭を戻さなかった。

ちょっと心配になったタイミングで彼女は頭を上げると、今度は教室中に聞こえるような声を放った。

「クラスのみんなにも、変な噂を聞かせてしまってごめんなさい。あれは全部、私の勘違いが生んだ嘘ですので、忘れてください。お騒がせしました!」

そう言って、再び頭を下げる。

教室からは「あ、うん」とか「気にしないで」とか、歯切れの悪い言葉があちこちで生まれただけだった。

うーん。どうしよう?

このままだと一色の立場が悪くなるだけなのかな?

それもなぁ。なんだかなぁ。

「とりあえず、仲直りってことで」

と、僕は一色に手を伸ばした。

「幼馴染《おさななじみ》なんだし、普通に仲よくしよう」

「……うん」

そうして、握手。

一色は僕の手を両手で握って、一粒涙を零《こぼ》した。

それはちょっと予想外だったので驚いたけど、彼女はさっと涙を拭《ぬぐ》い、改めて僕に頭を下げると自分の席に戻っていった。

先生が来るまであと少しの時間、手持ち無沙汰《ぶさた》みたいな空気が教室に充満して、みんな自分の席に座ってしまう。

「君、すごいね」

すぐ側で目撃していた掛井君が目をまん丸くして、そんなことを言った。

そうかな？

そんなこんなとしている内に先生が来て、学校の一日が始まった。

アリスは二時間目が終わった頃にやってきた。

「おはようカナタ」

「おはよう、遅いね」

「カナタたちが勤勉なんだ」

それだけを答えると、そのまま授業を受ける。

その横顔を観察しても疲れていたり、眠そうだったりしていない。

「どうしたカナタ？」

「いや、疲れてないかなって」

「はは、あの程度で疲れるものか」

「それならいいけど」

「なんなら、もっと遅くまでするか？」

「うーん、考えとく」

次の休憩時間にそんなことを話していると、掛井君がぎょっとした顔で僕を見ていた。

「どうしたの？」

「……すごいね」

よくわからなくて、僕は首を傾《かし》げた。


それが起きたのは四時間目のことだ。

今日は天気が悪いなぁとは思っていた。

空には雲一つない晴天のはずなのに、なんだか教室の中はどんよりと暗い。

いつもとは違う暗さにどうしてかなと思っていると、その暗さが煙の形になって教室の中に散らばるようになった。

そこでやっと気づいた。

あ、これファミレスで見たやつだ。

あのおっさん福太郎を困らせていた、黒い煙のようなものが教室中にある。

いや、より正確に言うと、それはクラスメートたちの肩や背中に多くが貼り付いている。

ちらりとアリスを見ると、彼女は退屈そうに授業を聞いていた。

気付いていないのかもしれない。

そんなことないか。

この程度は怖くないだけなのかもしれない。ファミレスでも怖がっていなかったし。

だとすると怖いものじゃない？

うーんでも、これのせいで教室が暗くて邪魔なんだよな。

なくならないかな？

そう考えた。

考えた瞬間、目の奥でなにかがドクンってなった。

「ん」

授業中なのに声が出そうになって、慌てて咳《せき》が出た振りをする。

びっくりした。

目の奥が疼《うず》いたと思ったら、教室中の黒い煙が消えてしまった。

なにがどうした？

まったくわからないまま四時間目が終わってしまった。

というわけでお昼休憩。

今日も購買でパンと野菜ジュース。人気だと噂のカツサンドのゲットに成功。

アリスはチョコチップメロンパン。

食べている場所は昨日と同じベンチだ。

ていうか、アリスが甘味《かんみ》一択過ぎて食堂に行くって選択肢《せんたくし》がないね。

「カナタがなにかしたのは見ていたぞ」

四時間目の話をすると、アリスはそう答えた。

「だが、なにが起きたのかはわからん」

「ええ……」

「だから、我にこの世界のことで答えを求めるな」

それは正論なんだけど……。

「でも、魔眼をくれたのはアリスだし」

さっきのことは、絶対に魔眼が関係しているわけだし。

「あの黒いののことはわからんが、魔眼がどうなっているかはわかるぞ」

「そうなの？」

「自分で確かめろ」

「どうやって？」

「ステータスと念じてみろ」

おおう。まさかそれができちゃうのか。

どきどきしながら『ステータス』と心の中で呟《つぶや》く。

目の前に光の板が現れた。

status

# カナタ・コトヨ

- 性別　男
- 生命力　55/55
- 個人魔力　102/102

**スキル**

魔眼lv02（霊視・魔力喰い）/個人情報閲覧

- 蓄積魔力値　5087

「…………」

じょ、情報が少ない。

「チート人生には程遠いなぁ」

「ちーと？」

「ええとね……高能力であらゆる問題を圧倒的に解決して、楽して暮らそうみたいな？」

「カナタはそうしたいのか？」

「そりゃ……辛《つら》いことなんてない方がいいよね」

「ふうむ……」

「あ、でもとりあえずはいまのままでいいよ！」

嫌な予感がして、慌ててそう言った。

成長しているって感じるのも楽しいよね。

っていうか、なんかアリスがすごいことをしそうな気がしたから機先を制しておく。

いまでも十分常識が変化しているんだから。

「アリスにはいまでも十分に助けられてるからね」

「そうか？」

「そうそう」

「ふむ。ならよいが」

納得して幸せそうにチョコチップメロンパンを齧《かじ》る。

その姿は小動物みたいに可愛《かわい》いのに。

油断しているとさすが魔王！　みたいなことをしてきそう。

金塊《きんかい》もそうだし、昨夜の異世界行きもそうだし。

そしてそんなのは彼女の片鱗《へんりん》でしかなくて、いままでしてもらったことよりもっとすごいことができる気がするんだよね。

だって、昨日の異世界体験での森って、アリスが作ったとか言っていたしね。

「教室でのことって、魔眼が関係してるのかな？」

「そうだろうな。霊視で見て、魔力喰いで処分したのだろう」

そんなことよりもと、アリスが顔を近づかせてくる。

あれ？　これって僕以外にも見えてる？

「我とカナタにしか見えんから心配するな」

「そっかよかった。それで？」

「蓄積魔力値の近くになにかないか？」

「え？　あ、スキル購入？」

「そうそれだ」

購入とはまた俗《ぞく》っぽい。

ていうか、ゲームっぽい。

「え？　そっちの世界って本当にこんなのあるの？」

異世界小説であったりするけど、まさか本当に。

「まさか」

「これはカナタに合わせて我が用意したものだ」

僕の疑問をアリスが笑う。

「え？」

「Ｘｗｉｔｃｈにあったゲームを参考にしてな。おかげで夜更かししてしまった」

「…………」

だから寝起きが悪かったのかと納得した。

納得したけど。

勤勉なのはどっちなのかと言いたい。

「ええと、ありがとう」

「夫のためだ」

「おおう」

「嬉しかろう」

「……うん」

にこりと微笑《ほほえ》まれると……照れる。

そんな僕をアリスはニヤニヤと眺めてから説明に戻った。

「機能の説明に戻るが、そのスキル購入で貯蓄魔力値を消費することでスキルを手に入れたり強化したりすることができる。覚えられるスキルの数はカナタ次第だが、手に入れられるスキルの種類や強化の限界は我が基準となっている」

アリスが基準？

「つまり魔王になれるってこと？」

「その頂《いただき》はなかなか高いぞ？」

「ソウデスネ」

今度はにやりと笑われた。

本日の春の日差しが、豪雪地帯の冷気に呑《の》まれるぐらいにすごい迫力でした。

「それはともかく、スキル購入を使ってみたらどうだ？」

「いま？」

「カナタは魔力に順応してまだ日が浅いし、魔法のないこの世界では感覚として魔力を扱うことはできまい。ゆえに、体を鍛えるような自然な成長を望もうと思えばかなりの時間を有する。だからこそ、このシステムを用意したのだからな」

「うーん」

「とりあえず、お試しで一つやってみるのはどうだ？」

そこまで言うなら、とスキル購入をポチっとする。

「うわっ」

新たなウィンドウが現れたのだけど、それはとても大きい。目の前全てが情報で覆《おお》われてしまった。

「なにこの数」

「魔王に至る道。その初級編というところだな」

「これで⁉」

「これでだ」

さすがは魔王。さすまお。

それはともかく。

僕は目の前の膨大《ぼうだい》な情報を眺めた。

「うーん、じゃあどれにしよう」

「変化を理解したいならこれなんてどうだ？」

「これ？」

アリスが示したのは運動能力強化というスキルだ。

その辺りには他にも仮想生命装甲とか魔力最大値増加、身体強度強化とか肉体を鍛える系がずらっと並んでいる。

「その名の通り運動能力を向上させるスキルだ。それと総合制御というスキルを取って、レベルを一番高くしておくように。これだけはカナタのためのスキルだからな」

「わかった」

言われた通りに総合制御と運動能力強化を購入。

一つ購入で貯蓄魔力値を100消費した。

ぽこんと、僕のステータスに総合制御lv01と運動能力強化lv01が追加された。

「スキルレベルを1上げるには、次のレベル数×レベル1時の消費貯蓄魔力値が必要になる。いくつか例外もあるが、そういうものはそれだけ強力だと思えばいい」

「わかった。じゃあ……」

と、僕はそのまま総合制御と運動能力強化をlv03まで上げてみた。

これで合計1200の貯蓄魔力値を消費したことになる。

## status

# カナタ・コトヨ

- 性別　男
- 生命力　55/55
- 個人魔力　102/102

### スキル

魔眼lv02(霊視・魔力喰い)/個人情報閲覧/
総合制御lv03/運動能力強化lv03

- 蓄積魔力値　3887

うん、ちゃんとステータスに反映されている。

「あれ？　アリスどうしたの？」

「いきなり思い切るな」

「え？」

「まぁ、そのための総合制御だ。次の授業で成果を試してみると良い」

「え？」

次の授業は体育だ。


昼休憩が終わり、五時間目になった。

「う～横腹が痛い」

準備運動の段階で掛井君が唸《うな》っている。

今日は五十メートル走をするのだそうだ。

三人一組になって走っていく。

僕の順番が来た。

運動能力強化、使ってみよう。

スキルを手に入れた瞬間から、使い方は頭の中にあった。

意識すれば、自然とそのスキルが発動する。

運動能力強化はパッシブスキルなので、オンを意識すればずっとそうなっている。魔力の消費はない。

その分、強化効果はそれほど高くもないとなっているのだけど。

バン。

スターターピストルが音を鳴らし、体が前に出る。

グンッ。

自分の勢いで、空気圧に体が押された気がした。

仰《の》け反《ぞ》りそうになったけど、胴体と首の筋肉がその圧を跳ね返し、走り続ける。

「え？　え？　え？」

風景が溶ける。

気が付くとゴールしていた。

「うわ、わ、止まらないと……」

止まれない。足の力を抜くと、自分の勢いに負けてグラグラに揺れてから、バタンと転げてしまった。

「痛ぅ……」

膝擦りむいたよ。

「はは、かっこわる……」

愛想笑いを浮かべながら皆を見ると、ぽかんとした視線が僕に集まっていた。

「彼方、大丈夫⁉」

「ほれ見たことか」

青い顔をした一色がこちらに走ってきていた。

アリスはそれよりも早く僕の隣にいて、見下ろしている。

「先生、私が保健室に連れていきます！」

「お、おう。頼む」

「行こう、彼方」

ぽかんとしたままの体育教師の了解を得て、一色が僕を引っ張って立たせるとそのまま保健室に向かった。

保健室には先生がいなかったのだけど、一色は慣れた様子で薬品を取り出して膝の擦り傷の治療をしてくれた。

「ありがとう」

「こんなの、陸上部で慣れてるから」

やりにくそうな顔で、一色はそう言った。

アリスはその後ろでちょっと不満そう。

そんな傷、我の魔法ですぐ消せるのに、と来る途中で呟《つぶや》いていたのを、聞き逃していない。

気が付くと、一色が僕をじっと見ている。

「あなたは一体、なんなの？」

そうかと思うと、吐き出した疑問はアリスにぶつけられた。

僕からでは背中しか見えないけれど、その声は怯《おび》えているような気がした。

「カナタの妻だが？」

「だから、なんで⁉　彼方にそんな存在はいなかった！」

「我の正体などどうでもよかろう」

「どうでもって……」

「お前が気にしているのはそんなことではない」

「違うわ！　あなたは普通じゃない。あなたから感じるのは……」

「わかっておらんくせに、わかったようなことを言うものではないな」

「うっ」

アリスが睨《にら》むと、すごい圧が一色を襲う。

余波が後ろにいる僕にまでやってきた。

「カナタは我を救い、我はカナタに全てを捧げた。カナタはそれを受け入れた。我とカナタの関係はそういうものだ。それ以上のことなど、外野のお前には関係なかろう」

「…………」

アリスの貫禄《かんろく》勝ちだ。

言葉を失った一色は立ち上がるとちらりと僕を見た。

「彼方。アリスさんはこの世のものじゃないよ」

それだけを言うと保健室を出ていった。

なんとなく、彼女が出ていくのを黙って見守ってしまう。

アリスが口を開いたのはその後だった。

「そんなことはとっくに承知よ。なぁ？」

「そうだね」

でも、それを言い出すと、一色がいたあの謎空間はなんだったのかということにもなる。

あんなの、僕は一度も体験していない。

一色はああいうことを体験したことがあるのだろうか？

「自分も十分に謎だろうに」

憤慨《ふんがい》した様子のアリスの言葉には全く同意だけど、とりあえず苦笑いで誤魔化《ごまか》した。

「それより、さっきのだけど」

「ああ、ずいぶんと速く走っていたな」

「やっぱり。効果はそれほどでもないいんじゃなかったの？」

「我らの世界の基準ではな」

おおう。

そう来たか。

「というか、我の基準だな。あのスキルだけでは、我を殺そうとするような連中を相手にするのは無理だぞ」

「なるほど。よくわかったよ」

普段の生活ではいらないね。オフにしておこう。

「……ねぇ、このスキルっている？」

「いるぞ。前のようなことがあったら、我を抱えて逃げることができる」

「なるほど！」

それは便利だ。

「だが、我としては我を守りながら戦ってほしいがな」

「ええ……」

「その方が、カナタだってかっこいいと思うだろう？」

まぁそうなんだけどね。

アリスの怖がりは演技じゃなさそうだったし、本当にああいうことが起こるのなら身を守る術《すべ》は必要なんだけど。

「じゃあ、スキルを手に入れて僕を強くするとして、どういう風にすればいいかな？」

あるものを使わないのはもったいないし、こんなの見せられて知らない振りなんてできないから使わせてもらうけど、だとしたらどういう風にすればいいのか？

わからないから製作者であり異世界の先輩であるアリスに聞いた。

攻略本があるなら、僕は遠慮《えんりょ》なくそれを参考にする派の人間なのだ。

status

# カナタ・コトヨ

- 性別　男
- 生命力　55/55
- 生命装甲　300/300
- 個人魔力　402/402 (+300)

## スキル

魔眼lv03(霊視・魔力喰い・遠視)/
個人情報閲覧/総合制御lv03/
運動能力強化lv03/仮想生命装甲lv03/
魔力最大値増加lv03/生活魔法lv05/
空間魔法lv01

- 蓄積魔力値　1437

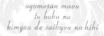

五時間目の残りを保健室で過ごし、アリスの助言通りにスキルを配置した結果、こういうことになった。

「まぁ、カナタはまず色々と慣れねばならんからな」

ということだそうだ。

色々と気になったが、まず気になったのが生活魔法、そして空間魔法だ。

生活魔法は生活に使える程度の規模の小さな魔法のことなのだけれど、着火や照明などがある。

まず気になったのが保存。パックのお肉とかなら魔法一回で一日は状態を維持できるのだそうだ。

冷蔵庫の小さい我が家には必須の魔法だよね。

でも、それよりすごいのが空間魔法。lv01を手に入れるのに1000も貯蓄魔力値を消費したけれど、これはあのアイテムボックスなのだ。

空間のサイズはそれほどでもないけど、それでもあるととても便利。

しかもスキルレベルを上げると、空間が広がるだけじゃなくて、時間凍結とかもできるようになるっていう。

生活魔法の保存よりもはるかに便利！

いまの僕にとっては一番に手に入れないといけないスキルだ。

ちなみに、個人情報閲覧《えつらん》というのは自分のステータスを見るためのスキル。

決して、他人の秘密を覗《のぞ》き見るためのものじゃない。


五時間目が終わる直前に戻ると、体育教師にもう一度走るように言われた。

今度はスキルを切って普通に走る。

もちろん普通の記録。

体育教師はほっとしたような残念なような微妙な笑みで解放してくれた。

あのままスキルを使っていたらどうなったんだろう？

オリンピックを目指せとか言われたりして？

はは……。

考えないようにしよう。


六時間目は普通に授業を受けた。

そして放課後。

「今日はバイトだから」

「ん、わかった」

部屋に戻る前にコンビニで夕ご飯を買おうってなったんだけど、アリスはやっぱり菓子パンを選ぶ。

あんパンに挑戦だそうだ。

「あの夜のパフェが懐かしい」

「バイト代が入ったらね」

「あの金塊《きんかい》があれば」

「未成年が大金を手に入れるのは大変だよ」

いや、未成年じゃなくても大変なんだろうけど。

ああ、そう考えると、あの金塊のことは警察から父親に話が行くかもしれない。

法的には保護者だからね。

なにか連絡してくるかな？

そう考えると気分が暗くなってしまう。

「どうかしたか？」

「なんでもないよ」

エコバッグに晩ご飯を入れてコンビニを出ると、人目を避けてアイテムボックスに入れるのを試してみる。

するっとエコバッグが目の前から消えた。

重さも感じない。

「うわぁ、これは便利だ」

「ふふふ、カナタも魔法文化の虜《とりこ》となるがいい」

悪者っぽく笑うアリスと一緒に部屋に帰り、僕はバイトに向かう準備をする。

「アリスは留守番しててね」

「なんでだ？　我も行くぞ」

「でも」

「二人で働けば給金も二倍になろう」

「いや、でも急には雇ってもらえない……」

と、言いかけて僕は彼女が当たり前のように高校に通っている事実を思い出した。

「不可能ではなかろ？」

「だね」

「でもそれなら、もうちょっと大人しい格好にならないと」

さすがにゴス服で食料品店のバイトは無理だと思う。

「ふむ、どういうのがいい？」

「ええとね」

そういうわけで、スマホで開いた通販サイトで大急ぎで参考になりそうなものを探した。

結局、辿《たど》り着いたのは黒のパンツと無地のシャツという、いまの僕とあまり変わりない格好。

彼女はそれにさっと着替える。

魔法で衣装を変えるってすごい便利だ。いつかは僕も使えるようになりたい。

「お揃いだな」

「そうね」

無難な僕と同じ格好になっても、アリスの美少女度はまったく損《そこ》なわれない。

美少女ってすごいね。

食料品店に到着してさてどうなるかと思ったけど、すでに何回か来てるみたいな態度でアリスは受け入れられた。

それからは二人で商品棚《しょうひんだな》に商品を補充していく。

運動能力強化を使うと、ジュースとかの重い商品を運ぶのがすごく楽になった。

試しに魔眼の遠視を使うと自分のいない場所も見て回れて、どこの商品が売れて少なくなっているかがすぐにわかった。

帰る頃には店舗《てんぽ》内の商品棚をパンパンにすることができた。

こう、みっちりと商品が詰まっている光景って……いいよね。

「いやぁ、ご苦労様」

終わり時間になってバックルームに戻ると、店長が機嫌よく僕たちに声をかけてジュースと割引弁当を奢《おご》ってくれた。

アリスが甘いものが良いと言うと、店長は苦笑しながら割引のケーキと交換してくれる。

他の店員さんやパートさんもそうだけど、すでにアリスを店のマスコットとして甘やかすモードに入っている。

「そういえば琴夜君って、美名城《みなぎ》さんの連絡先って知ってる？」

「え？　いいえ」

「だよねぇ」

「どうかしたんですか？」

「連絡なしで休んでいるんだよ。念のために電話してみても通じないし。真面目《まじめ》そうだと思ったんだけどなぁ」

「はぁ」

背筋が寒くなったけど、この場ではなんとか表情を保った。

「見かけたら連絡くれって伝えといて、それじゃあお疲れ様」

「お先失礼します」

「ではな」

明日の朝食パンを買って帰る。僕はルヴァンバターロール。アリスはイチゴスペシャル。飲み物にコーヒー牛乳を取ろうとしたので、紙パックの野菜ジュースに変更する。

わずか二日で、アリスの偏食をなんとか食い止めねばならぬという使命感が強くなってしまった。

「それにしても遥《はるか》さんはどうしたのかな？」

「ふむ」

僕も数日バイトを一緒にしただけだけど、無断でバイトを休むような人だとは思えない。

やっぱり、あの時になにかあったのではないか？

心配になる。

「探すか？」

「できる？」

「その態勢は作ったからな。有用性を示しておかなければな」

自信満々なアリスの様子に僕はピンときた。

そうか。

「だから魔力を残してたんだね」

「まぁな」

「さすがはアリスだね」

「もっと褒《ほ》めるがいいぞ」

えっへんとするアリスの頭を試しに撫《な》でてみると、ボンッと彼女の顔が赤くなった。

「ななな、なっ！　なにをする⁉」

「もっと褒めてみたんだけど？」

「むむむ……ふむぅ、まぁカナタだから良いが。あんまり人目のあるところでするなよ」

「ええ……うん、まぁいいけど」

頭を撫でるって異世界ではどういう価値観になってるんだ？

それともアリスの独特の感性？

わからない。

とりあえず、話を戻そう。

「それで、どれがいいの」

「まずは魔眼のレベルを上げて、魔法強化を手に入れろ」

「わかった」

ええと……あ、これか。

魔眼がlv04になって追加能力として魔法強化を選択する。

「それから基礎魔法を獲得して、次に魔法応用を手に入れろ」

「わかった」

言われた通りの順で基礎魔法lv01と魔法応用lv01を手に入れる。

消費魔力値は４００と１００と１００で６００。

「では、生活魔法の失せもの探しを、魔法応用で魔眼の遠視にかけ合わせろ」

「うん？　ん～……ああ、こういうことか」

アリスに言われたことをなんとか実行する。

生活魔法の効果は小さい。失せもの探しの魔法も便利そうだけど、範囲は六畳間《じょうま》分ぐらいの空間でしか効果は及ばない。

だけど、魔眼の魔法強化と遠視を合わせて使用することが、その効果は遠距離に及ぶ。

及ぶと、魔法応用が教えてくれているんだけど……。

「う～ん？」

「どうした？」

「なにも感じないけど？」

「なに？」

「いやほんとに」

「そうか」

「どういうこと？」

「お前の感知できる距離よりも外にいるか、それとも……」

「それとも？」

「死んでいるか、だな」

アリスが不吉なことを言う。

だけど、帰るまでにいろいろしてみた結果、僕の魔眼・遠視は市内を見るくらいがせいぜいだということが判明して、少しだけ気分が落ち着いた。

「僕が探せないっていう可能性もあるよね？」

「まぁな」

アリスの返事は乗り気じゃない。

前に冗談で浮気がどうと言っていたけど、もしかしたら本気で疑われているのかもしれない。

「アリス」

「なんだ？」

「僕が遥さんを心配するのは、バイトの先輩で、もしかしたら僕自身がその現場にいたからかもしれないから、だよ？」

「……む」

「浮気とかじゃないからね」

「わかっておるわ！」

ムキになって答えるアリスは、飛びつくように僕の腕に絡みついてきた。

「バイト代が入ったら、絶対に、最初に店のパフェだからな！」

「はいはい」

アリスの照れたふくれっ面《つら》で心配する気持ちが癒《い》やされる。

とはいえ遥さんのことで剣呑《けんのん》な雰囲気《ふんいき》を感じてしまっているのもたしかで。

僕が臆病なだけだろうか？

さっさと警察に届けておくべきだろうか？

だけどまだ、本当に行方《ゆくえ》不明と決まったわけではないし。

うーん、迷う。

そんな心配をしながら部屋に戻り、もらった弁当を食べてから風呂に入り、僕たちは寝た。

†

そして再びやってきました異世界。

前回と同じスライム？　なのか、辺りを見回すとピンクのスライムがいて、あの黒鎧《くろよろい》の眠っていた場所が近くにあった。

「アリス？」

「うむ」

近づいてきたピンクのスライムは、やっぱりアリスだった。

「さて、今夜も魔力を集めるとするか」

「そだね」

アリスに誘われて森の奥へと進む。

途中で見つけた骨や死骸《しがい》を吸収していく。

「ていうか、骨が大きいよね」

「懐古《かいこ》の森で生きようと思えば、ゴブリンのように繁殖力《はんしょくりょく》が凄《すさ》まじいか、それとも強いか、どちらかがなくてはな」

「そっかぁ」

大蛇らしい骨に枯葉や苔《こけ》が絡まってトンネルが作られている。それを吸収しながら僕はアリスの話を聞く。

「これはきっとデモンヴァイパーの骨だな。悪魔の名を冠するほど強力な毒を持ち、しかもその毒は霧を作れるほど大量に吐き出せるのだ。牙も強力でな、この牙で作った剣はかなりの高値が付く」

「なら、この骨を売ったら大儲《おおもう》けだったり？」

「そうだな」

それなら……と思ったけど、すぐに気が付いた。

「こちらで儲けた金を、どうやってあちらで換金する？」

「だよねぇ」

拾った金塊《きんかい》だって警察に預けてしまった。

それが無事に手元に戻ってきたとしても、換金するには色々と苦労することだろう。換金方法が見つかったとしても、あんまりイレギュラーなことを繰り返していたら、警察に睨《にら》まれることになりそうだ。

警察だけじゃなくて、怖い人たちとかだってありえる。

そういう社会的に怖いのはやだなぁ。

「あっ、でも、それならこっちにあるものをあっちに運んだりはできたりする？」

「うむ」

「それってつまり……」

スキルをスライムの状態でも使えたりするってこと？

「魂の一部をこちらに運んでいるわけだから、魂に紐づけされたスキルももちろん使える。だがな、その効果は小さいぞ」

まともに使いたければ、もっと強くならなければなと言われてしまった。

「そっかぁ」

大蛇の骨を吸収し終えたので次を探す。

森の奥へ向かうほどに木々の太さと高さもかなり変わっていく。

いま目の前にある木は、いまの僕で三十ぴょこたんぐらいしないと一周できないようなものがあちらこちらにある。

そしてそんな木が、まだ元気そうなのに荒々しく折れていたりする。

こんな大樹《たいじゅ》を折るような魔物がいるのかと思うと、ぞっとする。

ぞっとしていると、すぐにズンズンと地面を揺らす足音が聞こえてきた。

「お、見てみろカナタ」

そんなこと言われなくても見てしまう。

地鳴りと共にやって来たのは巨人だった。

鼻の上、眉間《みけん》に大きな目が一つある。

「サイクロプスだ」

人間の僕だとしても、首が痛くなるぐらい見上げないといけないんじゃなかろうか。

それをより小さなスライムの姿で見ているのだから、動いているだけでダイナミックすぎる。

「こやつらの集落ならゴミの中に亜竜《ありゅう》の骨ぐらいあるかもしれんな。今度こそ集落に向かうぞ」

「一歩の差が大きすぎて無理だよ」

「なに、直接追いかける必要はない。見ろ」

「あ、足跡か」

「出かけたばかりという雰囲気だからな。辿《たど》れば奴らの住処《すみか》に行けそうだ」

サイクロプスの大きな足跡が森の地面を沈めている。

「よし、行くぞ」

足跡を辿り、サイクロプスが進んできた方向とは逆に進んでいく。

しばらくして立派な木の壁に覆《おお》われた集落が木々の隙間《すきま》から姿を現した。

「高っ！」

城壁？　外壁？　守りの壁はひどく高い。

これで中に陽の光が届くの？

でも、加工がそこまで発達しているわけでもないから、壁にはけっこう穴がある。そこから陽光が入っている感じなのかな？

「ていうか、高すぎない？」

「サイクロプスの基準で考えればこれぐらいはいるのではないか？」

アリスは気にした様子もない。

しばらく城壁の前をぴょこたんしていると、小さな隙間を見つけることができた。

そこを潜って中に入る。

集落は暗かった。

明かりがないと困りそうだけれど、スライムの視界ではちゃんと見えている。

暗いというのはわかっているのに、ちゃんとどこになにがあるのかわかる。色もちゃんと認識できる。変な感じだ。

「スライムの知覚を人間のそれに変換しているからな。あまり深く考えるな」

「……つまり、アリスはすごいってこと？」

「それでいい。それよりも、ゴミ捨て場は……あれだな」

集落には大きい建物が五つほどあった。

一軒に四人いるとして二十人？　人間基準で考えると少ない集落かもしれないけど、サイクロプスのサイズを考えると、そんな数がいるというだけですごい脅威《きょうい》のように思えてしまう。

「実際、どうなの？」

広い穴でしかないゴミ捨て場の中で色々吸収しながら質問してみた。

スライムの知覚に嗅覚《きゅうかく》がなくて助かったと思う。

そうじゃないと腐敗臭がすごそうなゴミの中になんて飛び込めない。

「集落としては小規模だな。もちろん、人間にとってはかなりの脅威だ」

「やっぱり」

「とはいえ、普通は知性の高い魔物が好き好んで人間と争うことはそうない」

「そうなの？」

「人間の住んでいる場所は、魔物にとっては魔力が薄い土地だからな。奪ってもあまり利点はない」

「そうなんだ」

「逆に、人間にとってはサイクロプスの開発した土地は魔力的な利点が多い」

「え？」

「可能であれば奪いたいと考えているだろうな」

「おおう……」

人間の野心の怖さを感じてしまった。

「とはいえ、そこまで気にすることもない。サイクロプスだって、人間の目から見て褒《ほ》められた品性をしているわけでもないからな」

そんな話をしているとすごい音がした。

どうやら壁の一画にあった門が開いたみたいだ。

ゴミ捨て場でぴょこたんして様子を窺《うかが》うと、外で見かけたサイクロプスが戻ってきたみたいだ。

判断の基準は、腰に巻かれている魔物皮の柄。虎柄っぽい。

その音で髭《ひげ》のあるサイクロプスが建物から出てきて、なにやら話し始める。

でも内容はわからない。

ギャイゴウギャイゴウと言っているようにしか聞こえない。

「言葉はわからないかぁ」

「『万能翻訳《ばんのうほんやく》』は高いぞ」

そんなスキルもあったのか。

数が多すぎて把握《はあく》できてない。

確認してみると手に入れるには1０００００もいるそうだ。

高い。

遥さんの件をすっきりさせたいので、いまは魔眼の精度を上げたいかな。

「見ろ、カナタ。これが亜竜の骨だ」

「え？」

ゴミ捨て場の中にある一際《ひときわ》立派な骨に乗ってアリスが言う。

「亜竜というのは竜の中でも自我が野生の獣程度しかない連中のことだ。これは二足歩行の大《おお》顎竜《あごりゅう》だな。気性は荒いが狩りが下手《へた》でな、弱い奴の獲物を奪うのが主だ」

「なんか、どこかで聞いたことがある説明だなぁ」

あの有名な恐竜とか？

そんなことを思いつつ骨を吸収して魔力を頂く。

髭サイクロプスと最初に会った虎柄サイクロプスが、同じ建物に入っていくのを見届ける。

さらに別の骨を見つけて、その説明を聞いていると……。

「ギャアアアアアアア⁉」

すごい悲鳴が集落の中を轟《とどろ》いた。

あまりに大きな悲鳴に、僕たちのスライムボディがぶるるるんと震えた。

「なにごと?」

ぴょこたんと垂直飛びして、様子を窺ってもよくわからない。

建物の中でなにかが起きている?

「見てみるか?」

と、アリスが言ってくる。

「大丈夫?　危なくない?」

気にはなる。

気にはなるけど、僕にはあの巨人を相手になにかできるとは思えない。

僕一人がどうにかなるだけじゃなくて、アリスにまで迷惑がかかるかもしれないと考えると、動けない。

「カナタは考え過ぎる性格だな」

と、アリスに笑われた。

「好きに動け。我を誰だと思っている?　魔王アリステラ様だぞ。たとえスライムの姿だろうとたかがサイクロプスの一体や百体、なんともない」

「うん」

「それにお前もこれでわかるだろう」

「なにが？」

「この世界でのスライムの立場がだ」

そこまでアリスに言われて躊躇《ちゅうちょ》しているというのも格好が悪いので、動いてみることにする。

入った時よりゴミの量が減ったおかげで、ゴミ捨て場から出るのに少し苦労した。

それから悲鳴がした建物へと向かう。

サイクロプスの建物は基礎が石で造られた高床式だ。

ただ、鼠返《ねずみがえ》しの土台部分はしっかりしているけれど、建物そのものは割となおざりになっている。壁は隙間だらけで、とりあえず囲ってあるという雰囲気《ふんいき》だ。

ドアも風よけなのか革製の幕を下げているだけ。

巨人基準の階段を上がるのは苦労したけれど、それを乗り越えると建物へと潜り込むのは簡単だった。

「悲鳴はどこから？」

「こっちだ」

アリスはもうわかっているのか迷いなく案内してくれる。

そこは牢屋《ろうや》だった。

木製の、だけどとにかく太い柵《さく》に覆われた牢屋の中にサイクロプスが一体いる。髭と虎柄のサイクロプスは牢屋の外側からそのサイクロプスを見ている。

牢屋の中にいるのはどうやら女性のようだ。

革ではないのか、絹のような滑らかそうな布で、胸と腰を覆っている。仕草も女性っぽい。

牢屋の柵越しに、髭を相手にギャイゴウと言い合っている。

「なるほどな」

しばらくやりあいを聞いているとアリスがそう言った。

「あ、アリスはサイクロプス語がわかるんだ」

「……そもそも我はカナタたちの世界の言語もわかっているが？」

「……ほんとだ」

「これが『万能翻訳《ばんのうほんやく》』の力だ」

「うーん、やっぱり獲得しとくべきかなぁ。それで？」

なにを言い合っていたのだろう？

「うむ。どうやら牢の中にいるのは別の集落の有力者の娘のようだな」

「お姫様ってこと？」

「そうともいうかもしれん」

「なるほどねぇ」

たしかに身なりはよさそうだしね。

「ことあの娘の集落は敵対関係にあって、それで誘拐《ゆうかい》されたようだ」

「じゃあ、いまのはどんな交渉するかとか言ってたわけ？」

「うむ」

「悪役っぽく？」

「悪役っぽくな」

「なら、悪いのはこっちってこと？」

「それはどうだろうな。集落同士の利害関係に明確な善悪などなかろう？」

「ああ……」

それはそうか。

それはそうだよね。

「とはいえ、誘拐という行為が卑怯《ひきょう》の類《たぐい》であることはこちらの世界でも同じだ」

なら、悪いのはやっぱりこっち。

少なくとも僕の目から見るとそうなるってことで。

「この姫様はどうなるの？」

「娘の親である有力者が交渉に応じなければ殺される」

「う……」

「まぁ、こちらの集落的に全てがうまくいったとしても、この娘はこちらの集落の誰かに無理矢理婚姻させられて合法的な捕虜《ほりよ》の扱いが続くだろうがな」

「ええ……」

「サイクロプスは知性が高いからな。やることは人間とそう変わりない」

僕たちがそんな会話をしている間に三体の間の会話も終わったらしく、髭《ひげ》と虎柄が出ていこうと振り返る。

その時に僕たちのことを見た。

二体は、一つの目だけで僕にもわかるぐらいに嫌そうな顔を浮かべて、追い払うように手を振りつつ、なるべく距離を取るようにして牢を出ていった。

「ええ……」

その扱いに愕然《がくぜん》とした。

「言っただろう？　この世界でのスライムは掃除人《そうじにん》として重宝《ちようほう》する存在だが、死ににくい上に間違って口にでも入ろうものなら大変なことになる。あえて手を出そうとする者は、そうはいない」

「G並に嫌われてるってこと？」

なんかへこむなぁ。

それはともかく。

髭と虎柄サイクロプスたちがいた時は強気だった姫サイクロプスも、二体がいなくなると途端に弱気な様子を見せ始める。

「うーん」

「どうするのだ？」

「僕たちで助けたりとかはできるかな？」

「できなくないだろうがな。カナタ、やりたいのなら自分で考えてみろ」

「え？」

「我らにとってはこのサイクロプスの問題がどうなろうとなんの関係もない。いわば他人事《ひとごと》だ。どちらの勢力が勝とうと、我らの世界にまで影響を及ぼすことはないからな」

「そうだ……ね」

「なら、自分の感情に従って好きに引っ掻《か》き回したとして、誰に責められるものでもない。だろう？」

「うん」

うん？

そうか？

いや、でも間違いでもない……かな？

「だから、カナタが自分で考えてやってみるがいい。なに、カナタが危機になれば我が守る。だから心配するな」

「……わかった」

なんていうか、アリスにとっては目の前の出来事も、僕が異世界やスライムでの活動に慣れるためのチュートリアル的なイベントでしかないようだ。

だからといって、それでアリスになにか思うところができるわけでもない。

彼女は中立的な物事を言っただけだし、実際、僕たちはここになんの思い入れもない。

どちらかに賛同しようとしまいと、なにかをしてもしなくても、それは僕たちにとっては、本当にどちらでもいいことなのだ。

それなら、とりあえずはお姫様を救ったという事実で、良い気分になったとしても問題はないはずだ。

「それじゃあ……」

僕はいくつかのことをアリスに確認して、作戦を決めた。

作戦というほどでもないけど。


まず気になったのは時間。

僕たちは元の世界の睡眠時間中にこの世界に来ている。

だから、あまり時間をかけては制限時間を過ぎてしまうのではないかというのが気になった。

アリスの答えは、〝問題ない〟だった。

世界間を移動する際に、ある程度は時間流に干渉することができるとかなんとか……理屈が難しすぎてよくわからなかったけど、彼女がなんとかなると言ったのだから、なんとかなるのだろう。

ただ、いつも長居しないってことは、続けていれば問題が発生するのかもしれない。

もう一点は、スライムの能力。

どこまでを分解吸収できるのか。

その二つが解決したら、後はやるだけ。

サイクロプスが寝静まる夜まで、再びゴミ捨て場に移動して分解吸収を続けた。

そして夜。

行動を開始する。

やることは簡単。

牢屋《ろうや》は木製なのでスライムの分解吸収で壊すことができる。城壁も木製だから同じ。

スライムの分解吸収能力は、代謝的なことが行われていない状態のものに特別効果的ということがわかった。

それを言い出すと土とか砂もそうなるはずだし、スライムたちが土まで分解しだすとすごいことになりそうだけど、そういう風にはならない。

それはそれで精霊学的な考えも関係しているとかなんとか。

とにかく、スライムという存在がいて、この異世界はとても都合よく循環しているということなんだろう。

ともあれ僕たちは牢屋の外に繋《つな》がる壁に穴を開け、近くの城壁の木一本分だけ分解することに成功した。

姫サイクロプスが逃げるルートは確保できた。

「ギャガゴイ?」

あっという間の出来事に姫サイクロプスも戸惑っている。

僕としては言葉がわからないので、ぴょこたん跳ねて意思表示するしかない。

姫サイクロプスは髭と虎柄に比べれば小柄だったから僕たちの作った穴でもなんとか抜けることができた。

城壁にできた隙間《すきま》を潜り抜けたのを見届けた僕は、一仕事を終えた気分で去っていく姫サイクロプスを見ていると、なんと彼女は戻ってきた。

何事かと思っていると、姫サイクロプスは僕の前で膝をつき、人差し指で恐々《こわごわ》とした様子で僕の体を撫《な》でる。

いきなり、僕の体が淡く光った。

それはすぐに消えてしまったのだけど、それに満足した様子で姫サイクロプスは笑うと、今度こそ森の闇の中に消えていった。

「な、なに？」

「恩を知るサイクロプスだったようだな」

「え？」

「サイクロプスは神と大地を繋げる祭司の種族でもある。カナタになにかの神の加護を下ろしてくれたのだろう。たとえサイクロプスでもそう何度もできることではない。本当に感謝しているのだな」

「はぁ？」

よくわからない。

「なんの加護を得たかは、戻ってからステータスを見てみると良い」

「そうだね」

なら今日はと言いかけたところで、城壁をすさまじい音が襲った。

「ええ!?」

「おや、向こうは意外に短気だったようだな」

面白そうなアリスの笑い声をかき消して轟音《ごうおん》が響く。

何事かと姫サイクロプスのために開けた穴を潜って外に出てみると、そこには無数の鋭い光があった。

「光槍の魔法だ。サイクロプスのサイズで使えばあんなにも大きくなる」

光の下には赤く染まった眼光がある。

怒りの色なのか、興奮の色なのか、光槍はその赤い光点のある場所から次々と生まれ城壁に突き刺さり、砕《くだ》き、集落へと投射されていく。

「うわわわわ」

凄《すさ》まじい破壊の轟音に僕はあっという間にパニックになってしまった。

「に、逃げよう！」

「ふむ、ならもう帰るか？」

「そうだね、そうしよう！」

僕の悲鳴のような情けない返事がスイッチになったみたいに、全てが真っ暗になった。

†††姫サイクロプス†††

「父様！」

「レレルリアアレ！」

姫サイクロプス……レレルリアアレの姿を見た父は驚きの声を上げた。

「お前、どうやって？」

「助けられました」

「？　そうか？　いや、無事でよかった」

この陣容を見る限り、父は娘であるレレルリアアレを見捨てたのだと理解できたが、それを責める気はなかった。

人質として利用されて、里に迷惑をかけるぐらいならば死を選ぶ。

レレルリアアレたちの信仰する、勇武の神ガバが求める生き方はそういうものだ。

レレルリアアレを攫《さら》った里は汚濁《おだく》の神ジャを信仰している。ひどい臭《にお》いのする里が壊れていく様を見るのは胸がすく思いだった。

ただ一つ、気になることがある。

自分を救ってくれたあのスライム。

あれはなんだったのか？

「む、レレルリアアレ！　貴様、誰かに加護を授けたな!?」

「はい」

父が激怒の様子を見せる。ジャの者に加護を授けるような愚かなことをしたのかと思われたようだが、レレルリアアレはすぐに経緯を説明した。

「なに？　スライムに助けられた？」

スライムがなにか意図のあることをするなど信じられない。父のそんな表情は納得できるものだった。

だが、事実だ。

「真相はわかりませんが、事実は事実。そして恩には感謝です。命を助けられたあの場で示せる感謝は加護しかありませんでした」

「ふ〜む。しかしならば、そのスライムはいまもあの中か？」

「さあ、どうでしょう？」

あのままレレルリアアレのために作った穴から逃げたのではないだろうか？

二体のスライムを見ているとそうではないかと思える。

お人好しそうに見えた青色のスライム。

そして、不可思議な気配を放つ赤いスライム。

なにか、神々の深淵なる計画にでも掠《かす》めたのではないか。

そんな気がしてならないのだった。

†

「ああ、びっくりした」

目覚めて自分が元の部屋にいることを確認し、僕は盛大に息を吐いた。

まさかあんな激しい戦いを目にすることになるとは思わなかった。

「大迫力過ぎるよ」

「そこまでではないだろう」

隣のアリスがむくりと起き、あくびをする。

「あの程度で驚くのは地元民として納得できん。今度はもっと激しい戦いのある場所へ招待してやろう」

「絶対しなくていいからね」

「む……」

笑顔で威圧しておく。

時計を見ると、いつも目を覚ます時間より三十分も早い。

二度寝……をするには目が冴えてしまった。

「それなら、ステータスの確認でもしたらどうだ？」

「う〜ん」

ぴとりと引っ付いてくるアリスの感触を引き剝《は》がせなくて、言うことに従う。

status

# カナタ・コトヨ

- 性別　男
- 生命力　55/55
- 生命装甲　300/300
- 個人魔力　402/402 (+300)

## スキル

魔眼lv04(霊視・魔力喰い・遠視・魔法強化)/
個人情報閲覧/総合制御lv03/
運動能力強化lv03/仮想生命装甲lv03/
魔力最大値増加lv03/生活魔法lv05/
空間魔法lv01/基礎魔法lv01/魔法応用lv01

- 蓄積魔力値　13444

## 加護

勇武の神ガバ(恐怖耐性lv02)

貯蓄魔力が前回よりもたくさん入っているし、なによりもその下に追加された新しい項目に驚いた。

「うわ、ほんとに加護がある」

「ふむ。勇武の神ガバか」

「知ってる？」

「たしか、ギルガン神派の一柱だったと思う」

「え？　これ大丈夫なの？　僕、なにかした方がいい？」

加護ってなんかすごそう。

ゲームなら手に入ってラッキーで終わりだけど、実際に神様に助けられてお返しをなにもしないというわけにはいかない。

ほら、お稲荷様《いなりさま》を家で祀《まつ》ったけど、そのあと手を抜いたせいで酷《ひど》い目に遭《あ》うっていうの、ネットの怪談話ではよく見るよね。

「大丈夫だ。これはあくまでもあのサイクロプスを助けた感謝の印。加護の代償はあちらが支払う」

「そう……」

それならいい……のかな？

「さて、では次はなんの魔法を手に入れる？」

「え？　そんなの決まってるよ」

「なに？」

空間魔法一択です。

ただ収納できるだけでも十分に便利だけど、できれば性能を極《きわ》めたい。

「目指せ時間凍結。最強の冷蔵庫だね」

「……時間凍結したいならlv10にはせねばな」

「わかった」

「待て、それだけだとだめだぞ。総合制御と基本魔法も同じように上げなければ、使いこなせなくて大変なことになる。基礎は大事だ」

「なら、取りやすい方から取っていこうかな」

というわけで、まずは総合制御をlv10にする。

それから基礎魔法をlv10。

それで空間魔法をlv02にする。

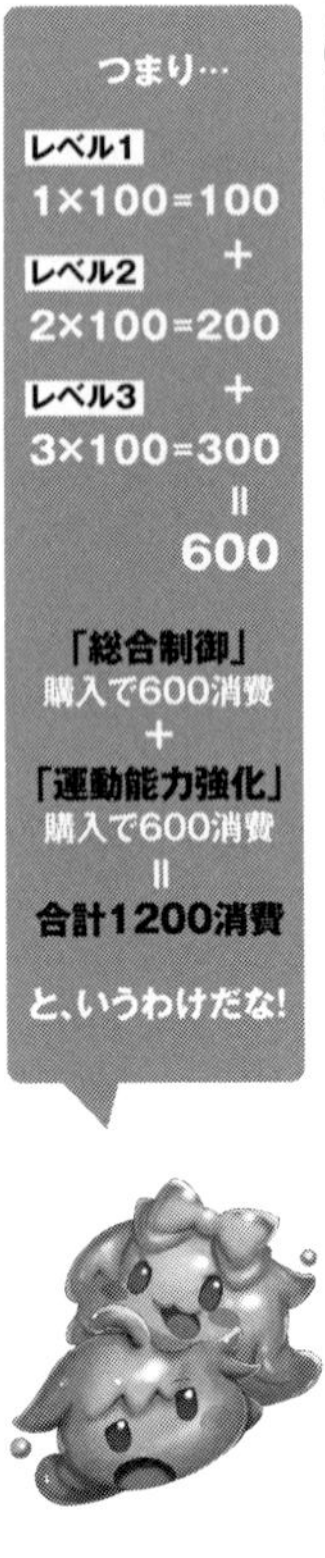

## status

# カナタ・コトヨ

- 性別　男
- 生命力　55/55
- 生命装甲　300/300
- 個人魔力　402/402 (+300)

## スキル

魔眼lv04(霊視・魔力喰い・遠視・魔法強化)/
個人情報閲覧/総合制御lv10/
運動能力強化lv03/仮想生命装甲lv04/
魔力最大値増加lv03/生活魔法lv05/
空間魔法lv02/基礎魔法lv10/魔法応用lv01

- 蓄積魔力値　1244

## 加護

勇武の神ガバ(恐怖耐性lv02)

こういうことになった。

「思い切るな」

「基礎は大事なんでしょ？」

「それはそうだがな」

レベルが一つ上がった空間魔法は広さが六畳間《じょうま》ぐらいになった。

荷物を置いておく倉庫ができたと思えば心強い。

冷蔵庫を買えるようになるのが早いか、時間凍結に至るのが早いか……このままだと時間凍結の方が早そうだ。

「ところで、基礎魔法でなにか魔法って使えないの？」

「基礎魔法は魔力の運用方法に関することばかりだからな。これ単体では魔法は使えない」

「そっか」

「その代わり、基礎魔法が高いほど、魔力の消費量が減ったり、効果が上がったりするものだ」

「なるほどね」

それは大事だ。

「総合制御は魔法やスキルによって変化する感覚の変化を調整するものだが、長期間維持する魔法の制御や補助も兼ねてくれる。だから必要なのだ」

アリスの講義が終わった頃に、ちょうど目覚まし時計が鳴った。

episode

# オカルティックに職場体験

oyomesan maou
to boku no
kimyou de saikyou no hibi

朝食を済ませて二人で学校に行く。

掛井《かけい》君と仲良くなったことがきっかけとなり、アリスも彼と話すようになった。

そうなったおかげか、次の休憩時間にはアリスの周りにちょっとした人集《ひとだか》りができていた。

アリスは特に困った様子もなくそれを受け入れている。

うーん、ちょっと寂しい。

「彼方《かなた》」

人に埋もれたアリスを見ていると一色《ひいろ》に話しかけられた。

「今日ってバイト？」

「いや、今日は休み」

「母さんが帰ってきてるんだけど」

「そうなんだ。おばさん元気？」

「うん。それで、彼方をご飯に呼びたいって」

「ああ……」

そういう招待は久しぶりだ。

僕の母と一色の母は結婚する前からの仲良しで、どれぐらいかというと家を隣同士にしたぐらいの仲良しだ。

だから、小さい頃から一色の家にはお邪魔していたし、もっと小さい頃はどちらが母親かわからなくなるぐらいに可愛《かわい》がってもらっていた。

　だからご飯の誘いをしてもらうのも特別なことでもない。

「でも……」

「わかってる」

　僕がちらりとアリスを見ると、一色が頷《うなず》いた。

「彼女も連れてきていいって」

「そうなんだ……」

　うーん、でもなぁ。

「焼肉にするって」

「是非《ぜひ》ともお邪魔させていただきます」

　焼肉の魅力には勝てないよね。


　招待された一色の家はいまのアパートから歩いて三十分ぐらいの場所にある。

　手土産《てみやげ》なしはどうかと思ったので、途中にあるケーキ店でお土産を買う。

「やあ、久しぶりだね、かな君」

　一色の母、境衣紅色《さかいこい》さんは一色をさらに凛《りん》とさせたような美人だ。有名歌劇団の男役をやるとすごいことになりそう。

「お久しぶりです。紅色さん」

紅色さんは、おばさんと呼ぶと怒るので名前呼びが基本だ。

「私が留守の間に色々あったみたいだね。本当にごめん」

「紅色さんが悪いわけじゃないですよ」

「……美来《みらい》もそうだったけど、聞き分けがいいばかりもどうかと思うよ」

ちなみに美来は僕の母の名前。

「ははは」

乾いた笑いで誤魔化《ごまか》していると、彼女の視線が僕の隣に向いた。

「それで、彼女が？」

「あ、はい。アリステラです」

「カナタの妻だ。よろしく頼む」

「境衣紅色だよ。よろしく」

そう言ってから、紅色さんはアリスを上から下まで眺めて頷いた。

「ああ、これでは一色が振られても仕方ないわね」

「母さん！」

「ははは！　さあ、ご飯にしましょう。私も久しぶりに息を抜きたいんだから！」

顔を真っ赤にした一色の抗議を聞き流し、紅色さんは僕たちを招いた。

キッチンに通されると、ホットプレートの周りのお皿にお肉がたくさん盛られていた。

野菜系は……キムチとサラダともやし、あとはサンチュだけ。

紅色さんは超肉食だ。そして酒豪《しゅごう》。

まぁ、少量でも野菜があるだけマシか。

「さあ、一色、どんどん焼いて！　かんぱーい！」

「母さん！」

座るなりビールを開ける紅色さんを、一色が恥ずかしそうに怒っている。

「一色、紅色さんはいまさらだよ。ほら、僕も焼くよ」

「うう、彼方、ごめん」

「カナタ、ケーキは？」

「あれはデザートだよ。まだ」

「なに！」

「アリステラちゃんは甘党かな？」

「うむ、甘いものがあれば生きていける」

「うんうん、一つを愛するのはいいことだよ。一色、チョコとかないの？」

「だめだよ。デザートだけ」

「カナタ、ひどいぞ」

「そうだよ、かな君」

「はい、アリス。こうやって食べるんだよ」

サンチュにカルビとキムチを包んで強引に渡す。

「むう……カナタ、辛《から》い。無理」

「もう。じゃあこっち、キムチ入れなかったから」

「うむ」

アリスが食べられなかった方のは、僕の口に放り込む。

「はあ⁉」

「うわ、なに？」

「彼方、それ……アリスさんの」

「残すのはもったいないでしょ」

キムチをちょっと齧《かじ》ってるだけだし。

「いや、そうじゃなくて……間接……」

「一色って高校生にもなってなに気にしてるの。あははは」

紅色さんがなにに受けているのかわからない。

もぐもぐ。お肉美味《おい》しい。

「ていうか、これいいお肉です？」

「知らない。お肉屋さんで焼肉用の肉をくれって言っただけ」

絶対、高いお肉だよね。

紅色さんて、なんの仕事しているのか謎なんだよね。ある時ぱっといなくなったかと思うと、そのまま長いこと留守にして、そうかと思ったらずっと家にいたりする。

そしてその間はすごく自堕落《じだらく》でお金の使い方も雑《ざつ》い。

子供の頃からずっとそういう感じだ。

そしてこの家には父親という存在がいない。

僕が物心ついた時には、紅色さんはシングルマザーだった。

「かな君、今日はお風呂入ってく?」

「いや、歩いて帰るんで」

「明日送ってあげるから泊まっていきなさい。ちゃんとアリステラちゃん……アリスちゃん?と同じ部屋にしてあげるから」

「母さん!」

「あははは!　同衾《どうきん》はだめだって」

そうやって紅色さんに振り回されながら焼肉タイムは過ぎていく。

久々の騒がしさは懐かしさと少しの違和感で、ちょっと楽しくてちょっと居心地悪かった。

昔はすぐ隣に僕の帰るべき家があって、母がいた。

だけどいまはどちらもない。

どちらもないけど、一色と紅色さんのいる境衣家は変わらずここにあって、そして変わらない空気を保とうとしてくれている。

その白々しさが、うれしくもあり息苦しくもあった。


本当に泊まることになった。

パジャマは持ってきてなかったのだけど、なぜかいまの僕のサイズに合うものが用意されている。


……こういう地味に用意のいいところはなにか怖い。

先日の一色に通じるものがあると思う。

「やあ、さっぱりしたかい？」

風呂上がりの冷たいものを求めてキッチンに行くと、紅色さんがまだ飲んでいた。

「ちょっと、二人で話さないかい？」

「はい」

すでにビールの缶が山と積まれているのに、紅色さんの声に酔いは感じられない。

僕がテーブルに着くと、彼女はビールの缶を置き、そしてその場で頭を下げた。

「かな君、すまなかった」

「紅色さん？」

「美来と約束していたんだ。君をちゃんと守るって、それなのに、私は二回も……君が大変な時のどちらにも側にいることができなかった」

「そんな……」

「それどころか、うちの馬鹿娘が暴走して迷惑までかけている。約束どころか育児でも失敗してしまっている。情けない大人だよ、私は」

「そういうのは止めてください。それに、その言葉は一色がかわいそうです」

「確かにそうだね。ああもう……だめだめだ」

紅色さんが頭を掻《か》きむしって唸《うな》る。

「ごめんね。私も色々混乱してる。美来の時のことでもわかっていたけど、私は、君たち家族の重要なことでは関われない運命にあるみたいだ。情けないよ。ずっと、小さい時から、私が美来を守るんだと決めていたのに」

「あまり深く考えないでください」

「そういうわけにもいかないよ。これは、私の人生の問題だからね」

紅色さんは深刻な顔のまま、一度は横に置いた缶ビールを摑《つか》むと、残っていた中身を一気に飲み干した。

「ふう……ちょっと話は変わるけど、私の仕事って説明したことあったっけ？」

「……いえ」

　さっきも思い返していたけど、母からも聞いたことはない。

「実は私って退魔師をしてるのよ」

「……は？」

　聞き慣れない……いや、別な意味で聞き慣れた？　ワードが飛び出してきたぞ。

「た・い・ま・し。知らない？　お化け退治の専門家」

「え？　マンガ？」

「まぁそんなものだね」

「……本当に？」

「本当に。いまのかな君なら受け入れられると思ったけど」

「……それは、どういう」

「あのアリステラちゃん、ただの金髪美少女じゃないでしょ？」

「う……」

「思わず祝詞《のりと》とか唱えて神棚《かみだな》に飾りたくなっちゃった。怖いわね。彼女が怒ったらどうなるのかしら？」

「どうもなりませんよ」

「それに、その気配はもう君に染みこんでいる。結婚しているっていうの、冗談とかお遊びじやないんでしょ？」

「ええ、本当ですよ」

それを聞いて、紅色さんは深いため息を吐いた。

酒臭《さけくさ》い息がテーブルを撫《な》でる。

「だからもう君には隠しておく必要がないかなって」

「隠しておく？」

「隠しておいたのさ。関わらないならその方がいいに決まってるからね。だが、君にはもう隠しておく方がむしろ危ない。一色の件があったからね」

「一色の」

「ちゃんと覚えてるんだろう？」

覚えているっていうのは、あの異世界みたいな昔の幼稚園でのことだろう。

一色の記憶から創られただろう世界。

彼女はなにか特殊な状態にあった。

あれはアリスの魔法とは関係のないこと。

つまりはこの世界にあるけど、僕が知らないなにかということになるんだけど……。

本当にそんなものが？

「覚えていますけど……」

「それなら、君はもうこちら側だ。一色と同じようにね」

「同じ……ていうか、本当に？　あるんですか？　そんな世界？」

「あるんだよ。だから君はむしろ、こういう世界を覗《のぞ》いた方がいいだろうね。たとえば私はこんなことをしてるんだけど……」

　いきなり紅色さんの後ろに黒い人型が立った。

「紅色さん、それ」

「やっぱり、かな君には見えてるんだね」

　そう言って、紅色さんはなんとも言えない笑みを浮かべて、すぐに消した。

「こいつはさっきまでの仕事で調伏《ちょうぶく》した元神様だ」

「元神様？」

「そう。朽《く》ちた神社や祠《ほこら》なんかで生まれるんだ。一度、神として崇《あが》めておいて放置されるとね、こういうのになる。これだけじゃないけど、こういうのを倒したり、従えたり、調整したりするのが退魔師の仕事」

　紅色さんは、後ろに立つ黒い人影と僕を見比べる。

「うーん、やっぱり面白い」

「え？」

「かな君、これが怖くない？」

「え？　まぁ……」

なんでかな？

あ、加護に恐怖耐性ってあったから、それが原因かな？

「私はこいつを調伏するのに三か月もかかったんだよ？　それが怖くないなんてね。一色だって、こんなことをしてたら怒るよ」

「はぁ……」

そう言われても、いまいち実感が湧かない。

「かな君はきっと退魔師という型には嵌《は》まらない。だけど、退魔師の仕事はできると思うんだ。まっ、まだ実際に見たわけじゃないから、あくまでも勘だけどね」

そう言って紅色さんは笑う。

「どうかな？　試してみない？　職場体験みたいな感じで」

「う、ううん……」

「それに、こっちの世界も儲《もう》かるよ。こんな風に」

そう言って、紅色さんは手を広げてみせる。

それはつまり、この家は退魔師稼業《かぎょう》で手に入れたということ？

「独り立ちにはお金が必要だよ。どうする？」

そこまで言われると断るのも難しい。

お金。

いまの僕にはお金は大事なのだ。

自分一人……いまはアリスも一緒だけど、自分の家や生活というものを築こうと思えば、お金の問題はどうやったって目をそらすことはできない。

だからお金は大事。

退魔師なんて仕事、漫画的だなってことで興味はあるけど、一生の仕事にしたいかといわれると首を傾《かし》げてしまう。

だってまだなにもわからないし。

でも……儲かるのか。

悩む。

あ、だから職場体験なのか。

「とりあえず即日で終わる仕事があるんだけど、明日行ってみない？」

明日は朝から夕方までバイトがあると言うと、なら夜に出発しようと言われてしまった。

境衣の家は部屋が余っている。

二階建てのどこにでもありそうな一軒家なんだけど、暮らしているのが紅色さんと一色の二人しかいないから、余る。

だから、僕の部屋もある。

泊まった時には使わせてもらっていたその部屋に、布団を敷く。

アリスは、一色の部屋で一緒に眠るそうだ。

大丈夫かなと心配になる。

二人は決して、仲がよさそうには見えなかった。

「でも、なんとかなるかな？」

希望的観測ってやつだけど。

布団に転がって天井を見る。

するっと眠れる気分じゃない。

子供の頃から慣れ親しんでいるはずの境衣家が、どこか知らない場所に変わったように感じられる。

それはきっと、紅色さんの話のせいだろう。

「なんだよ退魔師って」

魔を退治する？

いや、そういう意味的な話じゃなくて。

そういうのが嫌いなわけじゃないけど、だからって本当にあるなんて思ったことはない。怪談やオカルト話なんて、現実を刺激するスパイスみたいなものだと考えていた。

でも、本当にある。

その証拠を紅色さんは見せてくれた。

「ううん……」

ベッドに転がる僕は唸《うな》る。

アリスと出会って異世界を覗き、そしていまこちら側でも知らない世界の扉を開こうとしている。

「なんだか変なことになっているなぁ」

ここ最近の人生の激変ぶりに感覚がついていかない。

とはいえ、だから嫌だという話ではない。

義妹にやられてからずっと鬱々《うつうつ》としていた心がいまは、楽しい方向で揺れ動いている。

だから問題はない。

「とりあえず、独り立ちを目指す。そこが重要だね」

独力で大学に行けるようにする。

明確な目標はこれにしよう。

独り立ちを目指して働いているけど、だからって学業を諦めたわけでもない。

大学だって、行けるなら行きたい。

明確になにがしたいってものがあるわけじゃないけど、大学っていう選択肢《せんたくし》をいまから諦めるつもりもない。

この目標のために、使える手段として紅色さんの言う退魔師っていうのがあって、アリスと共に育てている能力はそれに有効活用できる。

目標と手段がうまく噛《か》み合った。

うん、そういうことだ。

そういうことにしておこう。

あとはもう、なるようになれだ。

「うん?」

なにか、バタバタと足音が近づいてくる。

「カナタ!」

「うわっ!」

いきなりアリスが部屋に飛び込んできた。

「一色が意地悪をする!」

そう叫んで布団の中に滑り込んでくる。

「ちょっと!　アリスさんなにしてるの!?」

「一色が意地悪するのが悪い!」

「なにをしたのさ?」

アリスの泣き顔に驚きながら一色を見ると、彼女は困ったように「ぐう……」と唸った。

「……ちょっと、体験話をしただけよ」

「え？」

「だから！　さっき下で母さんがなにかしたでしょ？　それでアリスさんが怖がったものだから、ちょっとそれ系の話をしてみただけで」

なにかっていうのはあの黒い人型のことだろうね。

それ系っていうのは怖い話のことかな？

怪談？

実話系だったり？

「……やっぱり、一色も見えたりするんだ」

「……ええ」

ずっと知らなかった。

「ごめん。母さんに黙っていろって言われていたから」

「うん、まぁ……」

たしかに、そんなに信じられる話でもないけどね。

「でもまさか、こんな近くに霊が視《み》える人がいるなんて」

「そんなことを言いだしたら、アリスさんの方がもっと珍しいと思うけど」

「そうかも」

いや、そうなんだよね。

「母さんの仕事を手伝うの？」

と、一色が聞いてきた。

「うん。とりあえず職場見学みたいなものって言うから」

「それ、私も行っていい？」

「紅色さんがいいなら」

「そっか」

と、一色の表情が緩《ゆる》んだ。

「ありがとう」

「どういたしまして？」

どうしてそこで感謝なのかわからない。

「それより、アリスさん、もう戻るわよ」

「いやだ。一色は意地悪するから我はここで眠る」

「ダメに決まってるでしょ！」

「いーやーだー」

アリスは完全に僕の布団に潜り込んで、出てこない。

一色もまさか、アリスがここまでオカルトが苦手とは思わなかったんだろうけど。

「あー……」

どうしたものかと、とりあえず言葉を整理する。

「まぁいつものことだから、アリスはここで寝させるよ」

「いつものこと⁉」

一色が顔を真っ赤にした。

「あ、いやいや」

一色がなにを勘違いしているのかを理解して訂正《ていせい》しようかと思っていると、アリスが布団から顔を出す。

「うらやましかろう？」

「ぐっ！」

アリスがニヤニヤ笑いながら、一色を見る。

「側室《そくしつ》」

「は？」

「側室でいいなら、カナタの反対側が空《あ》いておるがな」

反対側？

ええと、アリスがこっち側だから。

つまりその反対側？

「アリス？　なにを言っているのかな？」

「カナタならばそれぐらいの器量はあろう？」

「いやいや、そういうことじゃなくて……」

日本は重婚禁止だから！

「現代でもお妾《めかけ》さんってあるよ！」

「一色もなにを言ってるかな⁉」

「その覚悟があればよし！」

「アリスも⁉」

「じゃ、じゃあ」

一色が俺の隣に潜り込んできた。

「一色？」

「別に初めてじゃないでしょ？　幼馴染《おさななじみ》なんだから」

「いや、そうだけど」

「それとも、本当になにかする？」

「しないよ！」

「……いいのに」

「なに？」

「なんでもない！　おやすみ！」

叫んだ一色は僕に背中を向けて眠ってしまった。

「なんなんだ？」

よくわからないけど、僕も寝ることにした。

†

目が覚めると紅色さんの車で一度アパートに送ってもらい、着替えてからバイトに向かう。

せっせとバックヤードに入った商品を商品棚《しょうひんだな》に詰めていく。

単純作業は無心になれて、なんか好きだ。

工場の流れ作業とか性《しょう》に合っているかもとか思っている内に、夕方になって食料品店を出ると、紅色さんが迎えに来ていた。

「やあ、もういける？」

「はい」

「じゃあ、まずはご飯だ。希望はある？」

「甘いものを所望《しょもう》する！」

「なら、ヨメダ珈琲《コーヒー》にしよう」

アリスの第一声がそのまま採用されてしまった。

山盛りソフトクリームに大感激するアリスを鑑賞してから、車が再び出発する。

車は隣の県に入ったところで国道を外れ、住宅地へと入って、一軒の家の前で停まった。

到着したころには陽はすっかり落ちていた。

「今日の仕事場はここだ」

「普通の家……ですよね？」

「そうそう。まぁ、詳しくは中で」

そう言うと、取り出した鍵《かぎ》で家の中に入っていった。

といっても玄関に踏み込んだだけ。

「ここはいわゆる事故物件って奴でね。事故物件ってわかる？」

「はい。あの……人が死んだ物件ですよね？」

「まぁそんな感じ。ほとんどは害なんてないんだけどね」

「そうなんですか？」

「それはそうだよね。人間なんて毎日そこら中で死んでるんだから。その全部が悪霊とか怨《おん》霊《りょう》とかになるわけもないよね？」

そう言われるとそうだ。

「それなら……」

「おっと、ここからはかな君の仕事だ」

「え？」

「ちょっと、とりあえずノーヒントでやってみようか？」

「ええ！」

「大丈夫、失敗しても私がなんとかするから」

「はぁ……」

「一色も手出し無用だからね」

「え？」

「あなたは次の現場をやってもらうから」

「次もあるの？」

「そうだよ。アリスさんは？」

「我は車で待っているぞ」

玄関にも入らなかったアリスは、家の中を一瞥《いちべつ》すると、家そのものに背を向けた。

アリスに車の鍵を預けた紅色さんが、僕に向き直る。

「さっ、やってみて」

「はい」

とはいえ、どうすればいいのか？

あ、教室の黒い煙。

あれの時と同じことをすればいいのかも？

そう思って魔眼・霊視をオンにする。

「うわっ」

その瞬間、景色が変わった。

照明が古いから暗いのだと思っていた玄関から続く廊下《ろうか》の壁や床に、びっしりと黒いモノがカビのように貼り付いている。

しかも所々で葉脈《ようみゃく》か血管かみたいな感じで線を伸ばして繋《つな》がり、しかも脈打っている。

そして、廊下の左右にある扉や行き当たった先の曲がり角から、なにか黒いモノがこちらを覗《のぞ》き込んでいる。

「なにか見えるかい？」

「……ええと、家の中全体がなんかすごくカビっぽい生命体に侵食されてるような感じで、あと、なにか変なのがあちこちから僕らを見てます」

「へぇ……」

「うわ、出てきた」

覗き込んでいる黒いなにかが廊下に出て、こちらに近づいてくる。

人型だ。

だけど普通の人よりも大きい。

雰囲気《ふんいき》は黒く汚れた着ぐるみを着たなにか。

「これ、どうしたら？」

「倒せるなら倒しちゃっていいわよ」

「そんな簡単に」

「大丈夫、君ならできる」

「それじゃあ……」

教室でやった時のイメージで……あの時は魔力喰いが働いたんだってアリスが言っていた。

それをやってみる。

「うっ」

目が痛い。

瞬間、家中がゴウッと唸《うな》り、そして壁や床に貼り付いていた黒いモノが剝《は》がれて僕に向かってきた。

さすがにびっくりして固まっていると、それらは僕にぶつかる寸前で消えていく。

いや、見えなくなった。

でも自分になにかが入っていくのはわかる。

それでわかった。

あ、これ貯蓄魔力値になっているって。

いまはステータスを確認できないけれど、なんとなく感触でわかる。

スライムの時にはわからなかったけれど、魔力の溜まっていく感覚がわかる。

でも、これだと人型の魔力を吸うのは間に合わないな。

やばいかも。

「おっとさせないよ。双白虎《そうびやっこ》」

背後で紅色さんが呟《つぶや》くのが聞こえた。

そのすぐ後だ。

僕の左右からわっと白い圧力が駆け抜けたかと思うと、瞬く間に近づいてきていた人型を前脚の爪で薙《な》ぎ払ったり、噛《か》み砕《くだ》いたりした。

とん、と猫っぽい音の小さい着地音の後には、動物園で見たことのあるものよりも大きくて迫力のある白い虎が二頭、狭そうに廊下にいる。

「ふむふむ。なるほどね」

紅色さんだけが一人、なにかを納得している。

「かな君の目は強力だけど、個が強いのを相手にするには時間がかかるので、防衛方法を身に付けるか、それ担当の相棒がいる方がいいね」

そう言われた。

「とはいえ浄化能力はぴかイチだ。見てごらん」

そう言われて改めて玄関からの光景を見ると、さっきよりもきれいに見えた。

さっきまで力が足りなさそうだった照明が新品みたいな光り方をして、廊下の奥に溜まっていた影も払っている。

「うんうん、いいよ。ここは終了！」

紅色さんに頭を撫《な》でられ、そう宣言され、それでこの家は終わった。


次の場所に移動するため、車に乗り込む。

「やあ、仕事がサクサク終わるっていいことだね」

紅色さんは嬉しそうだ。

「こういう仕事って頻繁《ひんぱん》にあるんですか？」

「ま、それなりにね」

運転しながら答えてくれる。

「事故物件ばかりじゃないけどね。互助《ごじょ》組織があってね、それが千年の歴史を誇るぐらいにはお仕事には困らない業界なのよ」

「千年……ですか」

「そう、退魔師協会っていうの」

まんまな名前だ。

「協会はもともと陰陽寮《おんみょうのつかさ》が最初でね。それが時代の流れで名前が変わっているってわけ。まっ、別にここに所属しなくても退魔師活動はできるんだけど、ここに所属してれば営業活動とかしなくていいから楽だよ。いまならアプリで仕事の紹介とかしてくれる」

「アプリで、です？」

なんだか急に、お手軽人材派遣みたいな気軽さになった。

「とりあえず、かな君は私の弟子兼助手ってことで登録させてもらうから。本気で働きたくなったら自分で登録してもらうことになるし、その時には方法を教えてあげる」

「はい」

話が終わったところで僕はステータスを確認する。

貯蓄魔力値が３１５０に変化していた。

「やっぱり魔力を吸ってたんだ」

隣にいるアリスに話しかける。

「正確には違うのだろうが、カナタの場合はそれを魔力に還元《かんげん》して吸っている、というところだろうな」

「ふうん」

冷静に教えてくれているけど、アリスの機嫌はあまりよくない。

やはりオカルトなことは苦手なようだ。

車に一人でいるのも実は嫌なのだろう。

「でも、教室の時は変化したかな？」

「濃度の違いだな。あそこには数値化できるほども魔力がなかったと考えるべきだ」

なんの濃度かは知らないがと、吐き捨てる。

僕も、なんの濃度なのかは、まだ言語化できない。

「なら、魔力に変換できるぐらいに濃度が高い場所が事故物件だったりするわけだ？」

「そういうことになるな。ところで、これを生業《なりわい》にするならスキルが足りないのではないか？」

「そうだね」

魔力喰いだけだと、吸い切れずにあの変な黒い人型に襲われるところだった。

紅色さんが助けてくれたからいいけど。

いくらもらえるかわからないけど、仕事にできるならスキルのことも考えないといけない。

「どんなのがいいかな？」

アリスから助言をもらっている間に、次の場所に到着する。

今度は山の前の細い道で車を停めた。

「今度は一色の番だよ」

「うー」

一色は嫌そうな顔で低く答えた。

「我は車で待つ。ほれ、カナタもこっちだ」

「え？　でも」

「カナタは我を守ればいいのだ！」

「ああ、いいよいいよ」

機嫌の悪いアリスに配慮《はいりょ》したのか、紅色さんは気軽に手をひらひらとさせて、僕たちを置いて車を出た。

でも、そこから山の中に入るわけではなく、山を見上げて二人で話している。

「とりあえず、視《み》える状態にはしておけ」

「あ、うん」

腕をしっかりと摑《つか》まれた僕は霊視をオンにする。

ちょうど一色が能力を使うところだったのか、彼女の背後に黒い靄《もや》が集まっていた。

それが人の姿を取る。

「あ、あれって……」

「うむ、この間の怖いのだな」

掴まれている腕が痛い。

声は冷静なのに、ひどく怖がっているのがそれでわかってしまう。

「あれが一色の能力だったんだ」

霊能力？　陰陽道とか？

この世界にも色々あったんだなぁと感心してしまう。

黒い人影は一色が取り出した札の束らしきものを投げつけられると、それが全身に纏《まと》わりつきミイラ男のようになる。

変化はさらに進み、ミイラ男は源平合戦《げんぺいがっせん》の頃のような鎧《よろい》武者《むしゃ》の姿になると山の中へと入っていった。

紅色さんと一色はそこに立ったままで、なにか話し合いをしている。

山を見上げる。

霊視がオンになった状態で見るそれは、真っ黒な雲に呑《の》み込まれそうになっているかのように見える。

「ねぇ、アリス」

「どうした？」

「そんなに怖いなら、別にこの仕事はやらなくてもいいんだけど？」

アリスに貰《もら》ったこの能力が有効に使えるのはわかったけど、でもそれで一緒にいる彼女が嫌な思いをするというのなら、僕としてもやると決めるのは躊躇《ちゅうちょ》してしまう。

だけど、アリスはそれに首を振る。

「前も言ったと思うが、この世界での魔力の成り立ちがこのようになっているのであれば、ここで逃げたところでまたどこかで出会ってしまうものだ」

「そうかな？」

「そうだ。ソレに出会ってしまうということはな、そういう能力があるというだけではない。その人物の行動そのものが、ソレに出会ってしまうような性質を帯びているということだ」

アリスが暗い顔で言う。

なにか、その話をすることで、嫌な思い出を引き出しているみたいだ。

「人はそれを運命ともいう。本物の運命というものはもっと残酷《ざんこく》なものだが、自身の行動がそうさせていることもある」

「なら、僕の行動を変えれば……」

「それはつまり、我を捨てるということだぞ？」

「え？」

「我と出会うような行動をするから、いままで見なかったものを見るような生活となったということだからな。どうする？」

「それは嫌だよ」

「なら、諦めろ。それにな、前にも言っただろう？　我を守れるような男になれと」

「うん」

「我は守られたことがない。カナタがそうなってくれるなら、我はもう極上《ごくじょう》に幸せだぞ」

「わかったよ。がんばる」

「その上で我にもっと甘味を味わわせてくれるような生活になることを希望する」

だからもっとお金を稼《かせ》がねばなと、アリスは笑うのだった。


「むっ」

紅色さんに言われたことを相談していると、急にアリスの表情が変わった。

「なにか変だぞ」

「変？」

「うむ。紅色の見立て、違《たが》えていないか？」

「どうして？」

「カナタに任せたあの家に比べると、この山の不穏具合いとの差が大きい」

「それだけ一色の方が慣れているってことじゃないの？」

「そうであればいいんだが」

アリスにそう言われると、僕が見えている黒い雲のことが気にかかる。

なにか言うべきだろうかと思った矢先、いきなり一色が膝から崩れ落ちた。

紅色さんが慌てて介抱している。

「行ってみる」

僕はアリスに声をかけて車を飛び出した。

「紅色さん⁉」

「すまない、かな君。どうやらミスってしまったみたいだ」

紅色さんの声にも焦っている雰囲気《ふんいき》がある。

「うっ」

抱えられている一色を見ると、その胸を中心に黒い靄が貼り付いている。

事故物件で見た時のようにカビみたいになったそれは、葉脈《ようみゃく》のようなものを蠢《うごめ》かすだけでなく、目のようなものまでできていて、その目と僕の視線が合った。

「これは？」

「一色の放った武霊傀儡《ぶれいくぐつ》が怪異の主に捕まってしまったみたいだ」

「武霊傀儡？」

あの鎧武者のことだろうか？

「秘術でね。詳しくはかな君といえど秘密だ」

「それはいいんです。僕は……僕にできることはありますか？」

「…………そうだね。このままだと一色は魂を握られて相手に支配されてしまう。私はそれを抑えるのに手いっぱいだ。かな君がなんとかしてくれるなら手っ取り早いんだけど」

「なにをすれば？」

「この山のどこかに怪異の主がいる。それを倒すんだ」

「わかりました」

僕は頷《うなず》くと、一度アリスのところに戻る。

「アリス、ちょっとあの山に入ってくる」

「わかった。人助けも経験だ。行ってこい」

「うん」

「だがその前に……さっきのことを実行しておけ」

「あ、そうだね」

そう言われて、慌てて貯蓄魔力値を消費してスキルを得る。

「じゃあ、行ってくる」

「うむ、武運を掴《つか》んでこい。我が夫よ」

夫。

何度かそう呼ばれているけど、いまほどうれしくなる瞬間はなかった。

山へと入る。

運動能力強化をオンにしてひたすら上を目指す。

その間、魔眼の霊視と魔力喰いももちろんオン状態にしている。

「うわわ」

でもこれは失敗した。

魔眼に吸い込まれる黒い靄が視界の邪魔をして、なにも見えなくなってしまったのだ。

「くそっ」

あやうく木にぶつかりそうになったので魔力喰いだけはオフにして上を目指す。

一色の武霊傀儡を捕まえたナニカは、あの雷雲のような真っ黒な場所にいるはずだ。

そう思っていたのだけど、その内それさえもおぼつかなくなる。

黒すぎてなにも見えなくなったのだ。

紅色さんが持たせてくれた懐中電灯も付かなくなってしまった。

だけど、山のかなり上までは登ったはずだ。

「よし、こうなったら」

魔力喰いを再びオンにする。

どっちにしても見えないのなら、吸い込んだ方が向こうにダメージを与えられるはずだ。

アリスの助言に従って魔力喰いのレベルを上げたからか、事故物件の時よりもすごい勢いで黒い靄が集まってきて、貯蓄魔力値が増えていくのがわかる。

「見えないなら見えるようになるまで吸うだけだ」

黒い靄が集まってくるものだから、わずかの間はさっきよりも視界が悪くなったけれど、少し待つと辺りがすっきりとした。

十歩ぐらいのものだけど、ないよりはマシ。

「よし、このまま吸いながら先に進もう」

ついでに、たまった貯蓄魔力値を使って、魔力喰いのレベルを3にする。

「ここにいたらどんどんスキルアップができそうだ」

魔力喰いのレベルが上がったからか、吸い込む速度も速くなり、すっきりする空間も広くなる。

そして貯蓄魔力値がどんどん溜まっていく。

一色のことがなかったら、隅から隅まで巡ってこの山の黒い部分を全て吸い上げていたかもしれない。

だけど……。

「うわっ！」

いきなりの風切り音とともに衝撃に襲われて、吹き飛ばされた。

「痛……」

なにが起きたのかと思っていると、目の前の地面に矢が転がっている。

もしかして、これが僕に刺さった？

だけど、衝撃のあった胸の部分を触っても穴も開いていないし、血も流れていない。

混乱しそうだったけど、原因はすぐに思い浮かんでいたので、なんとか踏みとどまれた。

「ウゴア……オノレ」

声がしてそちらを見ると、赤黒いなにかに包まれた鎧《よろい》武者《むしゃ》がいた。

一色の武霊傀儡《ぶれいくぐつ》だ。

それになにかが取り憑《つ》いているということか？

「一色を離せ！」

魔力喰いを実行する。

「ググ……」

武霊傀儡の周りにある赤黒い靄が、周囲の黒いモノと一緒に引っ張られてくる。

だけど、耐えているみたいだ。

そして……。

「ブレイモノ！」

そう叫ぶと、弓に矢を番《つが》えて僕を撃った。

「ぐっ！」

また、胸に衝撃が襲う。

だけど矢は刺さらずに地面に転がる。

「オノレナゼダ！」

原因がわからずに激昂《げっこう》しているそいつにまた矢を射られたらたまらないので、木の後ろに隠れる。

怪我《けが》をしていない理由は仮想生命装甲というスキルだ。

これは負傷するような事態に陥《おちい》った時に、まず消費される数値のことをいう。

身代わりの盾というか見えない鎧というか。

バトル物のアニメですごいダメージを受けたはずなのに服が破れているだけのあれというか。

そういうものだと思ってる。

とはいえ有限なので、いくらだって受けてやるっていうわけにもいかない。

「オノレ！　オノレ！　オノレ！」

武霊傀儡が次々と矢を放ってくる。

盾代わりにしている木が、一矢《いっし》ごとに不吉な音を立てている。

いまに穿《うが》たれるか、倒れるかしそうだ。

とりあえず隣の木に退避する。

「ワレコソハコノチノアルジ、＃＄％＃＄＃％＃＄＃」

ただでさえ聞き取りにくい声が、名前の部分になるとさらにわけのわからない音になった。

矢が尽きる様子はない。

そしてやっぱり盾代わりにした木は、数矢で撃ち抜かれて倒れていく。

怖い。

怖すぎる。

だけどなぜか、体が恐怖で動かなくなるということはない。

異世界でもらった加護のおかげだ。

なら、アリスが考えてくれた戦法もきっと役に立つ。

視界の確保のために魔力喰いをオフにすると、次の行動のために深呼吸をする。

勝負は一発。

アリスが教えてくれたのは、向こうの世界での負化勢力との戦い方。

負化勢力というものがどういうものかわからないけど、アリスから見れば、オカルトと同じ側の存在なのだろう。

それに取れと言われたスキルのことを考えれば、僕にも納得できる。

それは神聖魔法。

遥《はるか》さんを探そうとして遠視と失せもの探しの魔法を組み合わせた要領で、視線に神聖魔法による浄化の力を乗せて相手を倒す。

「ただ見るだけならば、いまのお前にもできる」

剣を振るとか銃を撃つとか、格闘技とか……そういう専門的なことはいきなりできないけど、見るだけなら、たしかにいまの僕にだってできる。

だから、やる。

矢が撃ち込まれて三本目の木が折れたタイミングでそこから飛び出すと、武霊傀儡を見る。

それに纏《まと》わりついている赤黒いものを見る。

「ナッ！　ソノメハ！　ヌヲ！」

瞬間、白い光が僕の前で爆発した。

その爆発の中で、武霊傀儡の後ろにもう一人の人の姿があったようにも見えた。

だけどそれが、なにかはわからない。

とにかく、次の瞬間には武霊傀儡だったものがばったりとそこに倒れ、そして周囲からは黒いモノが失われたのだった。

武霊傀儡は倒れると、すぐに消えてしまった。

周囲の黒雲みたいに密集していた黒いモノまで消えてしまう。

「あ、まずい？」

武霊傀儡が消えたことで、一色にもなにかあったかもしれない。

そう思った僕は焦って山を下りた。

運動能力強化がオンになった状態だし、視界が晴れたことですぐに下りることができた。

「大丈夫⁉」

「かな君！」

山を駆け下りた僕に、紅色さんが驚いた声をあげる。

「一色は？」

「ああ、呪《しゅ》は解けたみたいだ。やってくれたんだね」

「ええと、たぶん」

「そっか……ちょっと見てくるから一色をお願いできるかな」

「わかりました」

「見てるだけでいいから」

そう言って山に入っていく紅色さんを見送り、僕は一色を抱えて車に運んだ。

アリスに車のドアを開けてもらい、後部座席に寝かせる。

いままで座っていた場所を奪われたアリスが、外に出てくる。

「一色、大丈夫かな？」

「気絶しておるだけだな」

一瞥《いちべつ》したアリスがそう言ったので安心した。

車から出たままのアリスが山を見上げる。

「もう大丈夫?」

「うむ、怖くない」

「そっか」

アリスのその反応にほっとしつつ、紅色さんを待つ。

三十分ほどで彼女は戻ってきた。

「どうでした?」

「ちょっと調査が必要かもね。とにかく、私たちの仕事は終わり。帰ろうか」

紅色さんに促され、車に乗る。

僕が助手席にいき、アリスが後部座席で一色に膝枕をする。

「いやぁ、ごめんね。初仕事でトラブルなんて」

車が走り出すなり、紅色さんが謝る。

「いえ……」

と、僕が答えようとしたところで。

「嘘を吐くな」

と、アリスが言った。

「最初からわかっていただろう?」

「アリス？」

「娘を囮《おとり》にカナタの実力を知ろうとは、あまり性質《たち》の良い話ではないな」

「……かな君が一体どうなっているのか、ちゃんと知りたかったからね」

「紅色さん？」

アリスの言葉を肯定してしまう紅色さんに、僕は驚いた。

「なにを……？」

「かな君。私はね、美来にかな君のことを任されているんだよ。だからさ、もしもかな君に影響を与えているモノが邪悪なモノだとしたら、私は命を懸《か》けてでもそれを排除しなくちゃいけないんだ」

運転をしながらそんなことを言う紅色さんの横顔を見て、僕はゾッとした。

そこには冗談や照れのようなものはない。感情を完全にそぎ落とした真顔があった。

紅色さんはとても整った顔をしているからこそ、それがとても怖かった。

「でも、そんなの……」

アリスの正体を確かめるために一色を利用したということになる。

自分の娘を……。

「一色も承知しているよ」

「え？」

「そして、一色はこう言ったんだ」

『アリスさんはまだわからないけど、彼方はちゃんと大丈夫。ちゃんと助けてくれる』

「ってね」

「…………無茶をしますね」

「もちろん、安全策は施《ほどこ》しているよ。私もそこまで非道な親にはなれないからね。それに……」

「それに？」

「かな君はちゃんと動いてくれた。その心を残してくれているなら、アリスちゃんは、まぁ、問題ないかなって。そう判断させてもらったよ」

「…………」

僕たちを試すために娘を危険にさらす紅色さんも、そしてそれを受け入れる一色も。

どちらも危ない。

そこには危険領域に足を踏み込んだ執着を感じる。

「ふん、くだらない」

と、アリスが後ろで呟《つぶや》いた。

「我はカナタの物。カナタは我の物。夫婦であればそれが当然であろう。ならば、カナタが嫌がることはしない」

「夫婦であれば、ね」

アリスのその言葉に、紅色さんは苦笑した。

そんな彼女の気持ちが、僕にもわかった。

僕の知っている夫婦は、理解し合っていたとはとても思えないから。

でも、だからこそ。

「僕たちは理想の夫婦になりますよ。きっと」

僕は言う。

紅色さんは少しだけ隣にいた僕の目を見た。

すぐに目を戻す。

「お妾《めかけ》さんの話とかしてなかった？」

「！」

昨日泊まった時の話だ。

聞いていた⁉

「あ、いや……それは……」

「別に良かろう？　正妻が良いと言っているのだから」

「ええ、娘が妾になるのを喜ぶ親はいないと思うなぁ」

アリスの返答に笑っている。

遊ばれている。

紅色さんの反応にそう思ったけれど、慌てている僕はそれを咎《とが》めることができなかった。


車が市内に戻った頃には朝になっていた。

ファミレスで朝ご飯を御馳走《ごちそう》になる。

その頃には疲れていたので、アリスがチョコパフェを頼むのを止めることもできなかった。

元気でも止めることができたかどうかは疑問だけれど。

「ああそうだ、これ」

アパートの前に到着したところで、紅色さんが封筒を渡してきた。

「なんです、これ？」

「お給料」

意味深な厚さの封筒にびっくりする。

「次からはもっと儲《もう》かるから、それじゃあね」

「あ、ちょっと……」

車が出発してしまい、見送るしかない。

「もうよいか、我は眠いぞ」

「あ、うん」

大あくびするアリスに押されて部屋に戻る。

「もう、まずは寝るぞ。全ては起きてからだ」

「でも、風呂には……」

「生活魔法を使え」

「あっ」

生活魔法の中には自分の体の清潔さを保つ魔法もある。

なるほどとそれを使用すると、乾いた汗の嫌な感覚と頭皮の脂《あぶら》っぽさが消えた。

風呂上がりに髪まで乾かしたときのさっぱり感だ。

周りの空気もきれいになった気がする。

「おお、便利」

服の汚れも一緒に落ちたみたいで感動する。

「ほれ、寝るぞ寝るぞ」

「あ、うん。だから真っ裸にならない！」

「ふん、寝る時くらい自由になれんのか」

「自由って」

「衣で武装する必要もなく、心安らかに眠りを享受《きょうじゅ》する。これほどの贅沢《ぜいたく》がどこにある?」

「え?　うう～ん」

「加えて愛《いと》しい夫殿が横におれば天上の愉悦《ゆえつ》にもまさるというものではないか?　ん?」

「んぐっ!」

見えそうで見えないポーズで煽《あお》ってくるアリスに、息を呑《の》む。

「ふふふ……疲れておるが、カナタが望むならかまわんぞ?」

「ええい!」

「ぶほっ!」

しかしこれ以上の挑発には乗らない。

大きめのシャツを上から被《かぶ》せる。

「寝る!」

「ああ、カナタ!　怒るな!」

背中に張り付いてくるアリスの感触にドキドキしていたけど、やっぱり疲れていたんだと思う。

すぐに眠くなった。

✝✝境衣紅色✝✝

Ｐｒｒｒｒｒ……

気持ちよく寝ていたところで着信音に起こされ、紅色はもがくようにしてスマホを摑《つか》んだ。

「は～い。ああ、おつかれおつかれ」

「＃＄＃％＃＄％＃」

「なに？　興奮しすぎ。こっちは寝起きなんですけど？」

「あれ⁉　あれ⁉　なんなんですか！」

「あれってどれ？」

「どれってわかっているでしょう⁉　御山《おやま》の件ですよ」

「ああ、御山ね。御山。……名前は？」

「そんなことどうでもいいでしょう⁉　いいですか紅色さん！　あそこにいたのは戦国時代よりも昔に土地神に馬鹿なことした馬鹿豪族の馬鹿怨霊《おんりょう》なんですよ。下手《へた》に社《やしろ》を作って慰撫《いぶ》して、でも民も馬鹿だから歴史を忘れて放置して、馬鹿怨霊に馬鹿戻りした馬鹿だったんですよ！」

「ちょっと馬鹿馬鹿言いすぎじゃない？」

「脅威《きょうい》ランクはＢですけど深刻度はＳだったんですよ？　いままでの紅色さんなら土地鎮め

に半年はかけていたはずでしょう」

「だねぇ」

「それがどうして一晩できれいさっぱりなくなっているんですか！」

「いやぁ……天才を見つけちゃったかも？」

「は？　なんですかそれ⁉」

「それ以上はまだ秘密」

「ふざけないでください！」

「ふざけてないよう。じゃあね」

「あ、ちょっ！」

通話終了。

「……まっ、頼り過ぎは危険かもしれないけど」

アリスのことを思い出しながら紅色は呟く。

一度も手伝いはしなかったけれど、彼女の存在感はずっと彼方とともにあった。

彼方を試したことも見抜かれていたし、あの山にこもっていた瘴気《しょうき》を払ったのは彼方ではなくアリスなのではないかと思っている。

「払った？」

本当に？

自分の言葉に疑問を抱く。

〝払う〟というのは、要は淀《よど》んでいたものを風で吹き散らし、より広大な場所に希釈化させるということでもある。

だが、あの消え方はそういうものではない。

まさしく言葉通りに消えてなくなっている。

「たとえばだけど、あの淀みが全てあの子が吸い取ったとかだったりしたら？」

彼方が事故物件でやったことを間近で見ている。

あれは払ったというのではなく、喰らったというのではないか？

浄化というきれいな言葉でごまかして大丈夫なものなのか？

あれができるようになったのは、間違いなくアリスが関係しているに違いない。

アリス……アリステラという少女は本当に何者なのか？

「怖いねぇ。怖い」

そう呟くと紅色は睡魔に負けて瞼《まぶた》を下ろした。

†

十二時過ぎたくらいで目が覚めた。

おおう、お昼ご飯の時間だ。
アリスはまだ寝てる。
「あ、そうだ」
紅色さんに貰《もら》った封筒を確認してみよう。
座卓に置いておいた封筒の中身を確認する。
「ふぐっ！」
思わず変な声が出た。
札束を固定する紙を初めて見た。
え？
ていうことは……。
え？

episode

# 買い物と迷子

oyomesan maou
to boku no
kimyou de saikyou na hibi

封筒の中には札束が入っていた。

束にするってことは……あれでしょ？

ちゃんと決まった数がそこにあるってことだよね？

つまり……百万円？

嘘ぅ。

「給金が手に入ったならパフェだ！」

目覚めて封筒の中身を見たアリスはぶれない。

羨《うらや》ましい。

「どうしたカナタ？」

「いや、びっくりしないの？　大金だよ？」

「カナタは我を侮《あなど》っているぞ？」

「え？」

「魔王ぞ？　我魔王ぞ？　その程度の大金、何度でも見ておる。純金と宝石の山だって作ったことがあるわ」

「いまは持ってないんだよね？」

「ないな！」

そのすっぱり感がすごい。

「とにかく、パフェだ。行くぞ！」

「ていうか、朝も食べてたよね？」

「奢《おご》りのパフェと夫の稼《かせ》いだ金で食べるパフェは違うに決まっているだろう！」

「暴論！」

「そんなに気にするなら違う店のパフェにするぞ！」

「あ、それなら！」

というわけで初めて行ったファミレスではなく、歩いて十分のところにあるショッピングモールに向かった。

パフェパフェうるさいアリスを連れてフードコートに行き、クレープ店を見せてみる。

「む、むむむ！」

成功。

見事につられた。

いや、できればもっと体に良さそうなものを食べてほしいんだけどね。

甘味ばっかり食べすぎだよね。絶対。

「チョコバナナシュガーバターの生クリーム蜂蜜《はちみつ》マッシマシだ！」

蜂蜜が入っているから体に良い説は……ないか、ないよね。

見ているだけで胸焼けしそうだから、僕は別の店舗《てんぽ》であっさりとかき揚げうどんにする。

料理が来てテーブルに移動。

「それで、どうしてここなんだ？」

蜂蜜塗《まみ》れの生クリームの中に顔を突っ込むような食べ方をするから、アリスの顔中が白でべとべとになっている。

生活魔法できれいにできるからいいけどさ。

「ここなら冷蔵庫が買えるんだよね」

「冷蔵庫？」

「そう。食材を保管する機械ね」

そう。

大金が手に入ったから、買えるんだよね、冷蔵庫。

「空間魔法はどうするのだ？」

アリスが持っている中身がみっちり入ったクレープが、型崩れしないのが不思議だ。

と思ったけど、たぶんあれ、魔法でなんとかしているっぽいって気付いた。

前にチョココロネで溢《あふ》れたのを気にしていたりして？

それに関連してだけど、食べるのが遅いのにパフェのアイスが溶けない謎も解けた。魔法で温度を維持していたんだな。

「それなんだよねぇ」

アリスの指摘に僕は苦笑いするしかない。

冷蔵庫を手に入れるよりも、空間魔法を冷蔵庫並みにレベルアップする方が早いと思っていたんだけど……。

まさか、紅色さんからあんな高給の仕事を紹介されるとは思わなかったし。

ていうか、あんな世界があるなんて知らなかったし。

そもそも、アリスと出会わなければ、その世界とは関わり合いになれなかったのだろうし。

「まぁ、空間魔法を手に入れて損になることもない。とりあえずは目標まで育ててみればよかろう。それに物を保存するだけが空間魔法でもないしな」

「わかった」

そういえば僕のステータスはどうなっているんだろう?

アリスがクレープを堪能《たんのう》している間に確認してみる。

status

# カナタ・コトヨ

- 性別　男
- 生命力　60/60
- 生命装甲　500/500
- 個人魔力　635/635 (+500)

## スキル

魔眼lv06(霊視・魔力喰い・遠視・魔法強化)/
個人情報閲覧/総合制御lv10/
運動能力強化lv03/仮想生命装甲lv05/
魔力最大値増加lv05/生活魔法lv05/
空間魔法lv02/基礎魔法lv10/魔法応用lv02/
神聖魔法lv02

- 蓄積魔力値　5250

## 加護

勇武の神ガバ(恐怖耐性lv02)

「あれ？」

「どうした？」

「なんか、ステータスがおかしい」

　生命力と個人魔力がちょっと増えている。スキルの仮想生命装甲とか魔力最大値増加とかと関係のない部分で、ちょっとだけ。

　それに神聖魔法のレベルも一つ上がっている。

「どうして？」

「成長したからだろうな」

「え？　でも……」

　確か、魔力に馴染《なじ》んでいないから、自然な成長はどうとかこうとかって言ってなかったっけ？

「使えば馴染む。そういうものだろう」

「ううん」

「神聖魔法もその理屈だな。なにしろカナタは初めてその能力を使って戦ったわけだ」

「うん」

「そのスキルを頼りにした気持ちは強かっただろう？」

「そりゃあ……」

あの場で神聖魔法&霊視の複合攻撃が決まらなかったら、僕にはどうにもできなかったわけだし……頼りにしていたよね。

「その気持ちが神聖魔法に対する成長を促したのだろう。まぁ、貯蓄魔力値を消費していないとも限らないし」

「つまり、無自覚で貯蓄魔力値を割り振っていたかもしれないってこと？」

「使用による成長か、無自覚の消費か、それは観察してみないとわからないな。なにしろこのシステムはカナタ用に作ったわけだが、このシステムにカナタがどのように適応しているのかはこれからわかるわけだから」

「あ、でも、勝手に使われるんだったら、なにかを目標にしてる時困るなぁ」

たとえばいまは空間魔法を育てようと思っているわけだけど、あとちょっとでレベルアップできるって時に、勝手に他のスキルに使われたら悔《くや》しいかもしれない。

「その時は必要にかられてだろう？　身の安全を大事にすべきだと思うが？」

もっともだ。

反論することもできず、呆《あき》れた目で見られてしまった。

昼ご飯をすませてショッピングセンター内にある家電量販店に移動する。

「結局、冷蔵庫は買うのか？」

「あれば便利だからね」

とはいっても一人暮らし用の安いのだけどね。

三万円前後のがあったのでそれを購入。

だけど、冷蔵庫はもうついでだった。

三万円をついでと言えるなんて……リッチ！

でも、今日は散財すると決めたのだ。

「アリスの服を買うよ」

「なに？」

「パジャマもね」

「いや、いらんぞ？」

「いるよ」

「いや、知っているだろう？　我の服は……」

「いるから」

「カナタ、怒っているのか？」

「そんなことないよ」

「いや、怒っておるな？　わかった悪かった。もうしないから、な？」

「買うよ」

「ごめん！」

「買うから」

女の子って服買うって言ったら喜ぶものだと思ってたんだけど……不思議だ。

それはそれとして、パジャマどころか下着もないのは普通に考え物だしね。

問答無用でそれっぽい店を見つけると、そこのお姉さんにお任せした。

普段は制服だしほっとくとゴスロリになるから要らないかもだけど、下着多めで服は三セット購入。

選ぶのを任せた店員のお姉さんは、アリスを見てウッキウキで選んでくれた。

いつものゴスロリではない普通の十代っぽい格好は、新鮮でドキドキする。

服を買い終えると、夕食の材料と朝食のパンを買って帰った。

「ああ、疲れた！」

手ぶらのアリスが思いっきり声を放って、部屋に入っていく。

同じく手ぶらの僕はそんな彼女の背を苦笑して見ながら後に続き、空間魔法を使った。

人目を避けてからそこに買った物を入れてみたのだ。

「うん、大丈夫そう」

服はともかく、食品の状態を確かめてほっと息を吐く。

「重さも感じないし、ほんとに便利だね」

「冷蔵庫なんぞ要らなかったのではないか？」

それはそれ、これはこれだ。

「とりあえずは一通りそろえたいよね」

「そういうものか？」

「そういうもの」

誰かを招待する気は特にないけど、当たり前の物がなくて変に勘繰《かんぐ》られたりするのも嫌だし。

「そういえば、アリスもスマホ要るよね」

「スマホ？　ああ、あの小さい機械か」

「そうそう」

「離れた時の連絡なら、念話というスキルがあるぞ」

「それはそれでまた今度手に入れるけど、アリスもこっちの文明をもうちょっと知ろうね」

せっかくお金があるんだから、いまのうちに揃えられるものは揃えてしまおう。

「むむ」

「あと、普通のご飯も食べようね」

「むう！」

というわけで焼きそばを作る。

使い切りのカット野菜をどさっと入れた、野菜たっぷり焼きそばです。

「美味《おい》しくない？」

「む、美味しい」

「ほんとに？」

「ほ、ほんとうだぞ！」

「それならもうちょっと美味しそうに食べようよ」

「むう。だが、甘味が我を呼んでいるのだ！」

「甘味もいつもだと有り難みがなくなるよね」

「そんなことはないぞ！」

「で、美味しくないの？」

「……美味しいです」

勝った。

とはいえ服購入の時から押せ押せしすぎたので、内緒で買っておいたプリンを食後に出しておいた。

†

しょんぼりアリスはプリンで機嫌を直した。

その様子が可愛《かわい》らしいので眺めていると、電話が鳴った。

スマホの画面に表示されているのはバイト先の名前だった。

「琴夜《ことよ》君！」

出れば店長が焦った声で僕の名前を呼ぶ。

一瞬、シフトを間違えていたかと焦ったけど、どうやらそういうことではないらしい。

警察が来ていて、遥さんのことで話を聞きたいという。

こういうことになってしまったか。

失せもの探しを使っても遥さんを見つけられなかったときから、こんなことになるのではないかと思っていた。

とりあえず、すぐに行くと答えた。


バックヤードのＰＣや発注のための機器が並んでいる一角、監視カメラなんかがあるところで、警察の人が店長と一緒に僕を待っていた。

警察の人は、やっぱり遥さんのことで僕に話を聞きたいということだった。

連絡が取れないことをおかしいと思った彼女の両親が、通報したのだという。

それに前後して、他の連中もいなくなっていることが判明して、彼らの行動を追跡しているのだと教えられた。

僕が呼ばれたのは、遥さんと僕が車に乗って出発するところを店の監視カメラが映していたからだそうだ。

「この夜のことを教えてくれないかな?」

実際に監視カメラの映像を見せられてから、警察の人から質問が飛ぶ。

「隠してたわけじゃないんですけど……」

僕はあの夜のことを語った。

峠《とうげ》の人食いの家という心霊スポットへ肝試《きもだめ》しに行くのに遥さんが誘われていたこと。その遥さんに誘われて僕も行くことになったこと。

そして心霊スポットで僕だけ置き去りにされたこと。

アリスと出会ったことは言わない。

僕の話を聞きながら店長は、「うわぁ」という顔をしていた。

警察の人は無表情。

「どうして、すぐに警察に連絡しようと思わなかったのかな?」

「僕が置いていかれた以上のことは起きないだろうって思っていましたから」

「なぜ?」

「だって、僕っていう目撃者を残してるのに、遥さんにひどいことをするなんてありえないって思いました。男の人たちはわかりませんけど、女の人は遥さんと仲良さそうでしたし」

「なるほど」

「それに遥さんの連絡先は知りませんでした」

「どうして君は彼女に誘われたと思います？」

「なんとなくですけど、僕を利用してドライブの話そのものをなしにしたかったみたいに感じました。高校生の僕を連れていくなら、肝試しはなしになると思ってたのかもしれません」

「ふんふん」

なにかをメモっている。

「君は、彼らのやったことに腹は立てなかったの？」

「腹は立ちましたけど……」

そんな感じで根掘り葉掘りと質問？　尋問？　が続いていく。

やっぱり、なにもしないという僕のアクションは間違いだったかもしれない。

失せもの探しで見つからなかったときにでも、警察に相談するべきだった？

「大丈夫、見つかるよ」

そのことを反省していると、僕が落ち込んでいると思ってくれたみたいで警察の人たちが慰めてくれて、そしてそれで彼らは帰っていった。

「いや、大変だったんだね」

最後に店長さんにも慰められた。

「お、終わったのか？　ご苦労」

ほっとしていると、いつのまにかバックヤードの休憩室にアリスがいて、チョコケーキを食べていた。

「それ、どうしたの？」

「うむ……眼鏡《めがね》の店員が奢《おご》ってくれたぞ」

たぶん、恰幅《かっぷく》の良いおばちゃん店員さんのことかな？

「プリン……食べたよね？」

「それはそれ、これはこれ、というのだろう？　あるいは甘いものは別腹に無限に入るのだぞうだな」

「無限ではないよ」

自然と零《こぼ》れた苦笑いで、この話はおしまい。

さっさと帰ろう。

†

「今日はもう予定はないのか？」

「ないね」

部屋に戻るとアリスが聞いてきた。

宿題の類《たぐい》も全部終わらせているし、うん、なにもない。

「なら、あちらに行くか！」

「ん、そうだね」

事情聴取なんてされて疲れたけど、このまま寝るよりなにかで気晴らししたい。

「お風呂は……」

「そんなものはこれで良かろう！」

問答無用の生活魔法で僕まですっきりする。

「さあ、行くぞ！」

「なんでそんなにやる気なの？」

「今日はずっとカナタに先導されていたからな！」

どうやらアリスはリードしたい派のようだ。

たしかにその方がアリスっぽいし、僕の性《しょう》にも合っている気がするけど。

「でもパジャマは着てよね」

「ぐっ！」

「買ったからね」

「わ、わかっているぞ」

そんなやり取りをしてから異世界に行った。

そんなわけで再びスライムになる。

「うおお……」

周囲は焼け野原だった。

黒こげの周囲は見覚えのある森の風景で、僕たちのいる場所だけがこうなっている。

「もしかして、これって……」

「うむ、サイクロプスの集落があった場所だな」

「……徹底的だね」

黒焦げとクレーターっぽい穴以外はなにもない。

「遺恨《いこん》なく戦いを終わらせたければ、敵であったものを残らず消した方が手っ取り早いからな」

アリスの言っていることの意味を理解して、またぞっとした。

だけど思ったよりもショックは引きずらなかった。

所詮《しょせん》は異世界事とでも思ったのかもしれない。

人間ではないからかもしれない。

よくわからない。

再びぴょこたんぴょこたんと森の中を進んでいく。

その間に色んな魔物の死体や骨を吸収していく。

「うん？」

「うわっ！」

いきなりだった。

ボタン！　と……いきなりなにかが落ちてきた。

しかも僕の頭？　に。

スライムボディの上だから頭でいいよね？

とにかく、そこに落ちてきて、ボヨンッて跳ねてから目の前に落ちた。

「なん……」

それは白い毛玉のように見えた。

黒い縞模様《しまもよう》のある……なんだこれ？

と、それが動いてこちらを向いた。

「ふわあああああ」

思わずそんな声が出た。

それはホワイトタイガーみたいだった。

みたいというのは、ネットの画像なんかで見たことのある虎よりももっと毛深い感じがするからなんだけど、それはともかくとして。

「かっわいい！」

その感想のまんまなんだ。

可愛《かわい》い。

とにかく可愛い。

なでなでしたい。

モフりたい。

「お、お持ち帰りしたい！」

きょとんとした顔でこちらを見て首を傾《かし》げるその姿は、ハートに必殺ショットを放った後のスナイパーのように可愛い。

正義がここにいる！

「飼おう！」

と言いかけて、はっとした。

いやいやいや。

飼えるわけがないよね。

ここは異世界だし、持って帰るなんてできないし。

そもそも僕が住んでいるのはアパートだし。

犬じゃないんだから人に懐くとも限らないし？

見た目通りに虎の仲間ならむしろ襲ったりするかもしれないし。

いまの僕はスライムだから大丈夫だけど、人の姿だったらどうなっていたかわからないわけだし。

心の中で深呼吸。

よし、落ち着いた。

それにしても、この子はどうしたんだろう？

いきなり空から降ってきたみたいに落ちてきたけど？

「ねぇ、アリス……」

そういえば静かだな、と隣のピンクスライムなアリスを確認すると……。

「ふおぉぉぉぉ……」

アリスのスライムボディがハートマークになっていた。

「なんだこの可愛い生き物は。愛《う》いのう愛いのう。持ち帰るか！」

「いやいや待って。決断が早いって」

「なにが問題だ!?」

「そもそも持ち帰れるの？」

「む？　むむ……そうだな」

「ほら」

「まぁ待て……あれをこうしてそうしてああすれば……」

「うん？」

「一月《ひとつき》ほど時間があれば、大陸一つを代償にして……うん、なんとかできるぞ！」

「それはできてないのと一緒だよね⁉」

やめて！

いま『大陸一つ』『代償に』って言ったよね？

怖すぎるから！

そんな僕らのやり取りを無視して、この子は後ろ足で頭を掻《か》いたりあくびしたりしている。

空から落ちてきたにしては動じてないね。

大物かな？

「そもそも、この子はなに？」

油断するとほんわかと見守りたくなるので、なんとか会話をひねり出す。

「うむ。おそらくガレーンの亜種だろうな」

「ガレーン？」

「カナタの世界に虎というのがいるだろう？　あれの巨大なのだと思っていればいい」

「あ、いいんだ」

「しかし、賢いぞ。魔法も達者だからな。土地によっては神の代わりに祀《まつ》られていたりもする」

「ふうん」

ボフン。

「うわ！」

いきなり子ガレーンが僕の上に乗りかかってきた。

かと思うと前足でぐにぐにと押してくる。

あ、なんかこれ見たことある！

マッサージだ！

マッサージしてる！

足が子供の犬猫と比べると大きい。やっぱり大きくなる種は足も大きいのか。

「あっ、あっ！　ずるいぞカナタ⁉」

そんな泣きそうな声を出さなくても。

「我もするのだ！　ほれ！　ほれ！」

ぽよんぽよんと子ガレーンに近づいてアリスは必死にアピールをするのだけれど、子ガレーンはなぜか僕ばっかりマッサージする。

「なぜじゃ！」

血涙《けつるい》が出ていそうな叫び声は止めて。

そんなアリスを無視して子ガレーンは、マッサージを止めると僕の上に顎《あご》を乗せ……寝てしまった。

「…………」

「…………」

「…………」

「…………」

眠った子ガレーンをじっと見守るアリス。

「あの……」

「…………」

動けない僕。

怒っている？

これって怒っている？

う～ん、どうしたものか。

なにか、会話でごまかすとか？

「寒色系が好きとか？」

「…………愛いのう」

違った。寝顔に見入っているだけだ。

「それにしても、この子はなんで落ちてきたんだろうね」

「愛いのう」

「アリス？」

「愛いのう」

だめだ。完全に洗脳されている。

「アーリース！」

「しっ！　静かにしろ。目を覚ますではないか！」

「いや、それも大事だけど。この子、親とかはいないの？」

「それはおるだろうな」

「心配してるんじゃないかな？」

「かもしれん」

「それなら……」

「スライムに絡まれとるなにかを狙うようなのは、そうはおらんよ」

「そうなの？」

「考えてもみろ。まとめてパクリとしてしまったら、一緒に腹の中だぞ？」

「ああ……うん」

いや、そうかもしれないけど。

「いや、その親が探しに来て怒ったりとかは？」

なんとなく頭に浮かぶのは、子熊にかまう人たちと、その後ろの藪《やぶ》に潜んだ親熊という画像。もちろん怒り顔。

そういう怖いのは嫌なんだけど。

「ああそういうのか……どうだろうな」

「え？」

どういうこと？

なんか、アリスの声がなにかを言い渋っている感じなんだけど？

「なにか隠してる？」

「隠しているわけではないのだが……この子ガレーンをここまで運んだのは魔法だ」

僕の上で眠る子ガレーンをガン見したまま、アリスは言う。

「急いで作った魔法のようだからな。座標なんかもかなり雑だったんだが……これは子供を逃がすためのものだな」

「え⁉」

「巣かなにかを襲撃されて、避難させたのかもな」

「大変じゃないか！」

助けに行かないと！

「いまから行っても間に合うとは限らんぞ？」

「そういう問題じゃないよ。助けられるかもしれないなら助けるんだ」

だってこんなに可愛《かわい》いんだよ。

「それにサイクロプスの人の時にアリスも言ったでしょ？」

『他人事《ひとごと》』って。

「他人事なら、応援したい方を応援するんだ」

「まぁ、そうなんだがな」

「行こう」

「そうだな。では、あっちだ」

というわけで、子ガレーンを起こしてそちらに向かった。

向かったん……だけど。


ぴょこたんぴょこたん。

がっ！

ごろごろ……。

ぴょこたんぴょこたん。

がっ！

ごろごろ……。

「この子、危機感なさすぎじゃない！」

跳ねるスライムに、狩猟本能か遊び本能のどっちが刺激されるのはわかるけど……。

移動するたびに飛び掛かられて転がされてしまうんですけど。

「子供だからな。状況もわかっていないだろう」

「大丈夫なの⁉」

この速度で間に合う？

「心配するな、そこまで遠くではないだろう。そろそろ……」

タ――――――ン……………。

遠くで木を叩いたような音がした。

と思ったら。

メキガコバキグシャドガメキメキドガガラグシャラワアアアアア……。

近くにあった木の幹がいきなり砕《くだ》け散って、残った上部分が倒れていく。

砕けたのはそこだけじゃなくてさらにその先にあった木も。そしてその向こうも。

逆を見れば、直線を描くように木々が砕けて並んでいる。

「……え？」

「ほら、近づいたな」

きょとんとする僕の隣で子ガレーンが「きゃん」と「わん」を使って吠えている。

警戒しているとかではない様子？

「これ、もしかして？」

「これの親だな」

「そっかぁ」

「親の魔力を感じてるからこの子も安心している」

「魔力……」

いや、違う。

親を感じられて安心しているのか。

「よかったね」

僕の声……そういえば子ガレーンに届いているんだっけ？

話しかけても子ガレーンは止まった僕の頭をまたマッサージし始めるだけだった。

「向こうも気付いたな」

「え？」

「ここで待っていれば向こうから来る」

「そっか」

「ほら来た」

「え？」

どこに？　と視線を巡らせるまでもなく……気付いたらすぐ側にでっかいのがいた。

二階建ての一軒家ぐらいの大きさの白い塊《かたまり》が僕たちを見下ろしていた。

しかもお座りポーズで。

口の周りは血でべったり。

あれは自分のじゃないよね？

いまスライムで小さくなっているのもあって、大きさの対比がすごい。

サイクロプスも大きかったけど、大きいのってやっぱりすごいよね。

うん、語彙力《ごいりょく》が崩壊する。

親ガレーンは僕たちを見下ろして少し困ったように首を傾《かし》げ、続いて子ガレーンに鼻先を近づけた。

親に気付いた子ガレーンは顔を上げて、血に汚れた口元を舐《な》めている。

お腹が空《す》いていた？

「離れよっか」

親ガレーンと目が合ってちょっと気後れした。

「う〜ん、もったいない」

「親と一緒の方がいいに決まってるよ」

「まぁ、そうかもしれんな」

未練を残しているアリスを引っ張って、子ガレーンから離れる。

「きゃん」

子ガレーンが僕たちを追いかけようとした。

したけれど、それよりも早く親ガレーンが咥《くわ》えて持ち上げた。

うん、それでいい。

「よかったね」

最後にそう呼びかけると、親子のガレーンの姿は現れた時と同じように消えていった。

# epilogue

# 〜振り返る二人〜

*oyomesan maou*
*to boku no*
*kimyou de saikyou na hibi*

はっと目を開ける。

僕の部屋だ。

今日の異世界探索が終わって、元の世界に戻ってきた。

隣を見ると、アリスが寝ている。

うん、ちゃんとパジャマを着ている。

触りたい衝動を抑えてその寝顔を見つめる。

常夜灯のオレンジの光が彼女を暗闇から淡く浮き上がらせている。

宝物みたいにきれいだ。

どうしてこんなきれいなものが僕の前にあるんだろうと首を傾げるけれど、じっと見つめていても、それがなくなることはない。

よかったと、心の中で安堵《あんど》の息を零《こぼ》す。

さっきまでの異世界のことが頭の中に残っている。

可愛《かわい》い子ガレーンの姿。

それを咥える親ガレーン。

消えてしまった親子の姿。

なにもかもが急に全部消えてしまうんじゃないか？

そんな不安が心を占《し》めて、息ができなくなる。

怖すぎて泣くこともできやしない。

僕の不幸を全部吹き飛ばしていったこの宝物が、ある瞬間に突然に消えてしまうんじゃないかと、そんな不安に苛《さいな》まれてしまうなんて。

幸せ過ぎて怖くなるなんて。

そんなことが僕に起こるなんて想像したこともなかった。

いや……。

想像しなくたって、それはもう全部起きてしまったんだった。

母の死で。

残ったのは仲良くなれない父と、新しい家族と裏切り。

母の死で僕の幸福は全部消えてしまったんだと思っていた。

僕はあの子ガレーンみたいに自分の不幸に気付きもしないなんてできないし、親ガレーンが迎えに来ることを無条件に信じるなんてできやしない。

あんな風に現れてくれる親はもういない。

泣こうが喚《わめ》こうが自分一人。

泥に落ちようと雨に濡れようと僕一人。

一人でなにもかもをしないといけないと思っていた。

だけど、違った。

アリステラ。
異世界の魔王。
彼女が来てくれた。
暗い道の向こうから、夜を切り裂く白い光となって来てくれた。
僕の不幸を全部吹き飛ばしてくれた。
僕の目の前に光を灯してくれた。
うれしい。
とてもうれしい。

うれしいけど……。

これって、僕はなにもしていないよね？
ただ、アリスがいてくれているからってだけだよね？
だったら……。
いつかある日突然になくなってしまうかもしれない。

母みたいに。

アリスがいきなりいなくなってしまうかもしれない。

そうなったときに僕はどうなってしまうんだろう？

怖い。

とても怖い。

宝物のようにきれいな顔で眠るこの少女を触ってもいいのだろうか？

どうせいなくなるかもしれないなら、最初からいないものとして扱った方がいいんじゃないのか？

そういう考えが、頭から切り離せない。

触ったら、求めたら、もう手放せないに決まってる。

だったら触らない方がいいんじゃないか？

怖い。

怖いんだ。

僕は、どうすればいいんだろう？

僕はアリスを信じている。

アリスの言葉に嘘はないと信じている。

アリスが魔王だと信じているし、魔法はあると信じているし、彼女の言葉を信じている。

異世界なんか行かなくたって僕はアリスを信じている。

だって、初めて二人で行ったあのファミレスで、僕に力を使えないと言っている時に見せた感情……。

あれは、特別な自分を探して酔っている顔じゃなかった。

いまの自分が偽物の自分だと言い聞かせている顔じゃなかった。

縛《しば》り付けられた苦しさと戦う辛《つら》い横顔だった。

鏡で見たことのある、僕の知っている表情だった。

平気みたいな顔をしていたけれど、その感情が滲《にじ》みだすことを彼女の目は隠すことができないでいた。

そんなものがあるなら取ってしまえばいいと手を伸ばしただけだった。

それ以上のことなんて考えていなかった。

それだけで得られた今日までの幸せだった。

こんなものがいつまでも続くのか？

「んん……」

「っ！」

もぞりと動いたアリスが僕の胸に額を当てた。

「うう……」

そして苦しそうな声。

僕のなにかがアリスを嫌な気持ちにさせたのかと驚いたけれど、違う。

彼女はいまだ眠っていて、そして苦しそうに顔を歪めている。

悪い夢を見ている？

なにか、僕にできることはないか？

考えて、僕は必死に声を殺し、それからそっと彼女の頭を抱えるように腕を回す。

自分の動きに怯《おび》えていると、彼女が自分から僕の片腕を取り、首の下に置いた。

そうすると、アリスの表情は落ち着いたものに変わった。

安らかな寝息に引き込まれて反対の手で髪を撫《な》でる。

くすぐったそうな彼女の笑い声が、一瞬だけ寝息の隙間《すきま》から零れた。

「…………」

ざわついていた心が、すとんと落ち着いた。

そうだ。

こういうことなんだ。

がんばろう。

彼女がいつまでここにいるのかわからないけれど、彼女がいつまでもここにいられるように。

僕はできるだけのことをしよう。

そう思えた。

†

このままではだめだと、私は訴えていた。

自らの務めに殉《じゅん》じ、求められる自らの形のままに、見える世界の有り様を求められている役割の価値観で眺め、そして判断し、訴えた。

このままではだめだ、と。

だが、誰も聞いてはくれなかった。

聞いてくれても、難しい顔をしたり、あるいは別の話題へと強引に逸《そ》らしたり、あるいは無反応だった。

つまりは聞いてくれていない。

求められているのは己の役割のみ。人々に対して行使する己の能力のみ。

価値観や意思、ましてや意見など誰も求めていないのだと気付かされた。

だが、それでよいのだろうか？

疑問が私を貫いて、それは抜けなかった。

このまま、誰にも聞かれないからと諦めて、見えてしまったものを見なかったことにして、言ってしまった言葉を言わなかったものとして、素知らぬ顔のままに求められることだけを繰り返す日常に戻ってしまっていいのか？

もう知ってしまったのに？

なにができるかをずっと考え続けているのに？

もう答えも見えてしまっているのに？

だけどそれは長く苦しい道のりで、決して、私一人ではできそうになくて……。

誰かにたすけてほしいのに。

誰にも私の声は届かない。

だけど私の心はもうそこから動かない。

あとは決意だけ。

あとは最後の一押しだけ。

もう誰も私のことを見ないのなら、私の言葉を聞かないのなら……私は私一人で戦うことを決意しなければならない。

だけどそんなことを……。

できることなら……。

誰か……。

「はっ！」

目が覚めた。

「あ？　……なんだ夢か？」

嫌な夢を見た。

昔の夢なんてだいたいろくでもないものでしかないのに、それを見てしまう。夢は記憶の整理だという話を聞いたことがあるが、一体いつまで整理が付かないままに散らばっているのか。

もう消えてしまっていいのだ。

忘れてしまったっていい。

我はもう、なにかに悩むことなどない。

我は我のやりたいようにやるだけだ。

「汗を掻《か》いたか」

全身に感じたしっとりした感触にうんざりし、魔法で体を乾かす。

それでも残ったのは濡れた余韻《よいん》のあるパジャマ。

彼方《かなた》に着ることを強制された魔力の通わぬ布製品。

ちゃんと乾かすことも可能だが……。

「今夜はよかろう」

空間魔法にパジャマだけを収納させれば、裸の自分のできあがりだ。

寝るときはこれがいいし、我の空間魔法であれば収納中に自動的に洗浄や修理などが行われる。

超便利なのだ！

このまま寝ている彼方に引っ付く。

「ふふふ……」

そうだ。

我はもう我の好きにする。

彼方は我で、我は彼方なのだから。

もう好き放題だ。

ああ、こんなにも全てを緩《ゆる》めて眠ることができるというのが、どれほど幸せなことか。

彼方の隣だからこんなことができるのだ。

彼方がいなければこんなことはできないのだ。

明日にどんなことが待っていようと、我と彼方がいれば無敵なのだ。

「ああまったく……明日が楽しみだ」

そうして我は眠りにつき……彼方の悲鳴で目を覚ます。

うん、こんな朝もいいものだ。

# 書き下ろしＳＳ

## アップルパイ

oyomesan maou
to boku no
kimyou de saikyou na hibi

僕の一人暮らしはあっさりと終わった。

それは一人の女の子が転がり込んだからなんだけど……。

狭い賃貸アパートに若い男女が一緒に暮らす。

うん。

やらしいことはしてないよ。

……してないからね。

「カナタ！　一緒に風呂に入ろう」

「……入らないよ」

「なんでだ！　我らは夫婦だぞ！　夫婦なら同じ風呂に入るぐらいは当たり前のことではないか！」

「よそはよそ！」

「なにおう！」

真っ裸でユニットバスのドアを開け、こちらに体を乗り出すアリスから、僕は目をそらす。

くそう、廊下《ろうか》に繋《つな》がるドアを閉めておくんだった。

いや、わざとか。

きっと、アリスがわざと、ドアを開けっぱなしにしておいたに違いない。

ま、負けるもんか。

いや、なんで負けてはいけないのかよくわかってないんだけど。負けたらだめだと思う。

「あ、赤ちゃんとかいまできても育てられないし！」

「大丈夫だぞ。避妊《ひにん》は魔法でちゃんとできる。気が済むまで新婚イチャイチャしよう。さあしよう！」

「うぐぐ！」

「さあさあ！　ほれほれ！」

でも、だめなんだ！

なんかよくわかんなけど、僕の中の倫理観《りんりかん》が言っているんだ。

童貞を守れない奴がなにを守れるんだって！

……なんだそれ？

いやいや、迷っちゃだめだ。

「たららららら〜〜〜♪　ほ〜れ、よい足があるぞ〜」

なんか、足だけ伸ばしてる。太ももの内側が見え……いやいや！　見てない見てないよ！

な、なにか、なにか対抗策を見つけないと。

このままでは危ない。

なにか……。

その時、僕は見た。彼女の伸ばした足の先、廊下兼キッチンなのでそこには流し台とコンロもあるんだけど、そこに、明日の朝ごはんとして置いてあるパンがある。

パン。

リベイク。

「デザート！」

「ぬっ？」

「アリスが大人しく一人でお風呂に入ったら、デザートを作ってあげる！」

「…………ふむ」

足を引っ込めて顔だけを覗《のぞ》かせたアリスは、少しだけ考える仕草をして、ニヤリと笑った。

「考えたのう」

「むむ」

「ふふ、ではそのデザートが美味《おい》しくなかったら、我は今夜、裸で寝るからな」

「なっ！」

「それぐらい当然だろう？　我は裸で寝たいのに、カナタがダメというからパジャマを着ておるのだ。では、楽しみにしているからな」

そう言い残し、アリスはユニットバスのドアを閉める。

それから僕は必死に考えた。

なにか……なにかないか。

今日のパンはこれ、ヤマザキパンのアップルパイだ。

これで作れる物は……。

「あっ」

そうだ、これなら。

他の材料は……よし、あった。

エッセルスーパーカップ！

まずは包装を開けて取り出したアップルパイをトースターで軽く焙《あぶ》る。

焙り終えたら取り出して皿に載せて……。

「できたか？」

「はやくない⁉」

「ふふふ、カナタが一緒に入ってくれるなら何日でもいられるが、一人ではなぁ」

「ああもう……でもまぁ、もうちょっとだったから、ちょうどいいのかな？」

「それは楽しみだ」

「アリス〰〰」

ペタペタと裸でリビングに歩いていく。

「着替えを持っていくのを忘れたのだからしかたあるまい」

わざとだ。

絶対にわざとだ。

「それで、どうなんだ？」

パンツだけ穿《は》いて戻ってくる。解いた髪が上半身を隠しているけど……けど！

「もうちょっとだよ」

ほっこり温まったアップルパイにエッセルスーパーカップのアイスをスプーンで削《けず》ってそれらしく載せていく。

前にファミレスで見たことのあるものを、それっぽく再現だ。

「ほほう、これは美味《うま》そうだ」

「まだまだ！」

レシピはここで終了だけど、ここでさらにこれを足す。

メープルシロップ！

甘いもの好きのアリスのために、これでもかとかける！

これで完成だ！

「さあどうぞ」

「むむむ……これは」

リビングのテーブルに移動したアリスは、完成品を見て唸《うな》る。

「ふっ、だがまだ食べてみなければわからない。そして！　我はカナタの貞操を奪うためならば美味い物をまずいと言うことだってできる！」

「なっ！　ずるいぞ！」

「ふふふ、カナタよ、それが勝負というものだ」

そう言いながら、アリスはナイフとフォークでアップルパイを切り分け、口に入れた。

「ほいひい……」

蕩《とろ》けた顔でそう言った。

「即オチだ！」

アップルパイ、バニラ、メープルシロップ。甘さの三重奏はアリスの味覚をクリティカルに貫いた。

「なにこれほいひい、ほいひい」

そう言いながらパクパクとアップルパイとアイスを食べきり、仕上げにカフェオレを飲み干して……。

「ふっ、まだまだだな」

「いまさらそんなこと言ってもダメだからね！」

ちゃんとパジャマを着て寝させました。

# あとがき（ボイスドラマ風味）

**彼方**《かなた》「あれ？　ここはどこ」
**アリス**「うむ、ここに作者の手紙がある」
**彼方**「作者？」
**アリス**「どれ……『あとがき苦手だから代わりになにかして』だと？」
**アリス**「仕方のない奴だ。ならば……」
**アリス**「いまからここは『S●Xしないと出られない部屋』だ！」
**彼方**「なんで⁉」
**アリス**「我がそう決めたのだから、そうなるのだ」
**彼方**「え？　あそこにドアが……って、同じことが書いてある！」
**彼方**「え？　開かない！」
**彼方**「アリス！　そんなことダメだからね！」
**彼方**「僕は、まだそういうことはしないいんだ！」

**アリス**「ええい！」
**アリス**「そのような初心《うぶ》なことを言うでない」
**彼方**「興奮するではないか！」
**アリス**「だから裸になるなぁ！」
**彼方**「ふはははは！」
**彼方**「くっ、こうなったら」
**アリス**「……明日からおやつなし」
**彼方**「ふは……へ？」
**アリス**「絶対なし。もうずっと辛《から》いものしか出さない」
**彼方**「まっ、待て待て待て！　それはずるい！　ずるいぞ！」
**アリス**「ふうんっ！」
**彼方**「嫌だぁ！　それだけは嫌だぁ！（号泣）」
**アリス**「でも、彼方とエロいこともしたい〰〰」
**彼方**「そこは曲がらないんだ」
**アリス**「曲がるものか！　我は彼方を愛しているからな！」
**アリス**「故に彼方があんな顔やこんな顔をするところも見たい！」
**アリス**「見たいんだ！」

**彼方**「執念がすごい！」
**アリス**「ならっ！」
**彼方**「でもダメ……あれ、看板の文字が変わった」
**彼方**「『アリスがバケップリンとＳＥ●のどちらかを選ぶ部屋』？」
**アリス**「バケップリンだ！」
**アリス**「そんなもの、決まっておるではないか。のう？」
**アリス**「おや？　彼方どうした？」
**彼方**「……なんでもない」

こんな二人で、できればこれからも続けていきますので、よろしくお願いします。

ぎあまん

ダッシュエックス文庫

# お嫁さん魔王と僕の奇妙で最強な日々

ぎあまん

2024年12月30日　第1刷発行

★定価はカバーに表示してあります

発行者　瓶子吉久
発行所　株式会社　集英社
〒101−8050　東京都千代田区一ツ橋2−5−10
03(3230)6229(編集)
03(3230)6393(販売／書店専用) 03(3230)6080(読者係)
印刷所　株式会社美松堂／中央精版印刷株式会社
編集協力　加藤　和



ISBN978-4-08-631562-3 C0193